COLECCIÓN LA OTRA ORILLA

Alvaro Mutis

AMIRBAR

Grupo Editorial Norma

Barcelona, Buenos Aires, Caracas, Guatemala,
México, Miami, Panamá, Quito, San José, San Juan,
San Salvador, Santafé de Bogotá, Santiago, São Paulo

*Impreso por Editorial Presencia
Impreso en Colombia - Printed in Colombia*

*Diseño de carátula: Alberto Sierra
Diseño de páginas: Interlínea Editores*

*1ª edición, noviembre de 1990
1ª reimpresión, agosto de 1991
2ª reimpresión, noviembre de 1992
3ª reimpresión, agosto de 1993*

ISBN: 958-04-1233-2
CC: 20008116

A la memoria de mi abuelo Jerónimo Jaramillo Uribe, que alguna vez buscó oro a orillas del río Coello en el Tolima.

La vie n'est q'une succession de défaites. Il y a des belles façades —il en est de pires. Mais derrière les belles, presque autant que derrière les pires, la défaite, toujours la défaite et encore la défaite —ce qui n'empeche pas de chanter victoire, car au fond l'homme n'est réellement vaincu que par la mort— mais encore, uniquement parce qu'elle lui ôte tout moyen de proclamer contre l'évidence qu'il ne l'est pas. Alors, il s'est fait même un allié de la mort et il compte beaucoup sur elle pour lui donner toute la gloire que lui a refusé la vie.

Pierre Reverdy, Le livre de mon bord.

...porque mulleres en las minas sembla cosa del dimoni e es provado que ningun profit se saca de hacerlas treballar allí. Al contrari, los celos y tropelías que con ello suceden sont de molt perill para tots.

Shamuel de Corcega, Verídica estoria de las minas que la juderia laboro sin provecho en los montes de Axartel. Imprenta Capmany 1776, Soller, Mallorca.

7

—Los días más insólitos de mi vida los pasé en Amirbar. En Amirbar dejé jirones del alma y buena parte de la energía que encendió mi juventud. De allí descendí tal vez más sereno, no sé, pero cansado ya para siempre. Lo que vino después ha sido un sobrevivir en la terca aventura de cada día. Poca cosa. Ni siquiera el océano ha logrado restituirme esa vocación de soñar despierto que agoté en Amirbar a cambio de nada.

Esas palabras del Gaviero me habían dejado pensativo. Como nunca fue hombre dado a confidencias de ese orden y sí al relato escueto de sus andanzas, sin sacar conclusiones ni derivar moral alguna, la evocación de sus días en Amirbar me causó especial curiosidad. Decaído como se encontraba, agotado por el largo tratamiento a que tuvo que someterse para terminar con la malaria que lo estaba matando, el Gaviero había dejado escapar palabras que abrían un resquicio revelador del oculto mundo de derrotas sobre el que solía ejercer una vigilancia inflexible. Las había pronunciado mientras tomábamos el sol en el patio de la casa de mi hermano Leopoldo en Northridge, en medio del verano transparente e interminable del Valle de San Fernando, en California. Era notorio que, con ellas, indicaba su deseo de abrir las compuertas a recuerdos por alguna razón guardados celosamente hasta ahora. Muchas habían sido, en el curso de nuestra amistad, las ocasiones en que gustaba referir episodios de su vida. Jamás había hecho mención de los días en Amirbar, ni sabía yo, entonces, a qué aludía con ese nombre.

En las semanas que siguieron nos contó, en efecto, mientras ganaba fuerzas para viajar a la costa peruana, sus experiencias de buscador de oro en la cordillera y el naufragio de sus miríficos proyectos en las intrincadas galerías de Amirbar. Pero antes de transcribirlas para mis lectores, no está de más que les relate las circunstancias de nuestro encuentro en aquella ocasión. Son tan características del talante y el destino de Maqroll, que sería imposible dejarlas de lado. El atajo que debo tomar no es largo y, repito, creo que bien vale la pena recorrerlo para mejor provecho de lo que ha de venir después.

Cómo había ido a parar el Gaviero al cuarto de un infecto motel perdido en el trayecto más impersonal y sombrío de La Brea Bulevard, fue lo primero que me pregunté en el camino. Estaba yo en Los Angeles en un viaje de trabajo y pasaba buena parte del día en los estudios de Burbank. Una noche, cuando fui a retirar mi correspondencia en la recepción del hotel Chateau —Marmont, donde siempre me hospedaba cuando iba por razones de negocios, me entregaron un escueto recado, escrito en una hoja manchada de grasa y sin membrete: "Estoy en La Brea 1644. Venga tan pronto pueda. Lo necesito. Maqroll". Firmaba con una letra un tanto insegura que, al pronto, no reconocí. Subí a mi habitación para dejar unos papeles y salí de inmediato a ver a mi amigo. No solía enviar recados tan apremiantes y los temblorosos rasgos de su nombre indicaban que debía hallarse en un estado de salud más que precario. El número mencionado era el de un sórdido motelucho con una angosta entrada para autos que se prolongaba en una hilera de habitaciones con números pintados en tinta de un rabioso color limón. Tres o cuatro coches estaban estacionados frente a las habitaciones con luz en las ventanas. El Gaviero había olvidado indicarme el número de su cuarto, o quizá prefirió que hablara antes con el portero, recluido en un estrecho cubículo al comienzo de la fila de cuartos. Toqué en los vidrios y salió a abrirme un hombre corpulento y despeinado, vestido con una camiseta marrón y unos bermudas que le ceñían la cintura debajo de un prominente estómago de bebedor de cerveza. Hablaba un inglés menos que básico con marcado acento árabe. Una profunda cicatriz le cruzaba la cara desde el centro de la frente, descendía por la nariz y terminaba en medio de la barbilla. Mencioné el nombre de mi amigo y, en lugar de indicarme el número de su cuarto, me hizo pasar al reducido y maloliente espacio de lo que podía tomarse como su oficina. Entró de lleno en materia, sin siquiera presentarse: —Lo he estado esperando. Su amigo me dijo que se conocen desde hace muchos años. También yo lo conozco hace mucho y le debo varios favores. Pero el dueño de este lugar es un judío que no perdona ni entiende razones. Nuestro hombre debe ya tres semanas de renta y esta noche viene Michaelis a cobrar. Sería bueno que usted me diera el dinero correspondiente. No quiero mandar a la calle al Gaviero en el estado en que está. Son noventa y cinco dólares en total—. Habló con más inquietud que brusquedad. Era claro que se hallaba entre la espada y la pared. Le di el dinero y, cuando me extendía el recibo, entró su esposa, una mujer también alta, que debió ser muy bella en otro tiempo pero cuya extrema delgadez y rostro macilento le daban un aspecto fantasmal. También hablaba con un fuerte acento del Medio Oriente. Me saludó con sonrisa desvaída y, en un francés un poco más fluido y comprensible que el inglés del portero, me comentó que se alegraba mucho de mi arribo. Mi amigo necesitaba con urgencia ayuda y la compañía de alguien. Me despedí de ellos y fui a la habitación que me habían indicado. Resultó ser contigua a la portería, pero, por vaya a saberse qué capricho, tenía el número 9.

La puerta no estaba con llave. Entré después de golpear con los nudillos y una voz apagada ordenó: —Pase, pase, no está cerrada—. Allí yacía Maqroll el Gaviero, tendido en una cama con sábanas de un desteñido rosa en las que el sudor dejaba amplias manchas oscuras. El hombre temblaba violentamente. Los ojos desencajados y brillantes tenían una expresión agónica y desesperada. La barba de varias semanas, entrecana e hirsuta, contribuía aun más a darle un aspecto de fatal desamparo. La decoración del cuarto, con desvaídas reproducciones de desnudos femeninos y el imprescindible espejo frente al lecho, encima de un tocador adornado con polvorientos volantes también de color rosa, daba un toque entre patético y grotesco a la presencia del Gaviero en ese lugar. Me indicó con la mano que me sentara en la única silla de brazos, forrada en grasienta cretona de flores de color ya indefinido. La acerqué a la cabecera del lecho y tomé asiento, en espera de que pasara un poco el acceso de fiebre que le impedía hablar con claridad. Tomó de la mesa de noche un frasco de pastillas y se echó dos en la boca. Las tragó con un poco de agua que, con gran dificultad, se sirvió de una jarra que había en la misma mesa. Sus manos temblaban en tal forma que la mitad del agua se regó sobre las sábanas. Hice el gesto de ayudarle pero me rechazó con una sombra de sonrisa en los labios. Los dientes entrechocaban cuando intentaba hablar. Esperamos un rato en silencio mientras la medicina hacía efecto. Transcurrió un cuarto de hora o más y el temblor cedió paulatinamente. Cuando pudo hablar, su voz se escuchaba con mayor firmeza.

«Es una medicina muy fuerte que me deja casi más atontado que la fiebre —explicó—. Por eso no la tomo con la frecuencia que debiera. Vengo de Vancouver y quise demorarme aquí un par de días antes de seguir al sur. Quería ver a Yosip para convencerlo de que me acompañe en una empresa que voy a intentar en el Perú. Antes de que le preguntara quién era Yosip, el Gaviero prosiguió: —Yosip es el encargado de este motel. Fuimos compañeros en varias andanzas en el Mediterráneo sobre las cuales algo le he mencionado antes. Nació en Irak de padres georgianos. Ha sido de todo, desde mercenario en Indochina hasta proxeneta

13

en Marsella. Es un hombre de carácter difícil pero noble y buen amigo. Supongo que debió darle un sablazo por el dinero que debo. No tuvo más remedio. Pero es persona muy de fiar y con la que se pueden pasar buenos ratos. Con un trago suelta la lengua y hay para rato escuchando sus historias. Bueno, pues me vino un ataque de malaria que me tiene en la cama hace mes y medio. Siempre llevo conmigo la medicina para controlar los efectos, pero ahora me descuidé y aquí me tiene. Estas fiebres palúdicas las pesqué en Rangoon, hace tanto que a veces pienso que fue a otro a quien le sucedió aquello. En Rangoon, metido en un negocio de madera de teca con unos socios ingleses más tramposos que un falso derviche. No saqué un centavo de todo ese esfuerzo. Gané estas fiebres y algunas teorías eróticas notables con una viuda, dueña de una precaria industria de inciensos para ceremonias religiosas en Kuala Lumpur. Ya le contaré un día. Vale la pena. Un médico en Belfast me recetó estas pastillas a base de quinina. Dan resultado pero me producen un dolor de cabeza insoportable y náuseas continuas. He sorteado las fiebres a base de este remedio, pero esta vez me ganaron la partida».

Le sugerí que antes de otra cosa debíamos llamar un médico. Las fiebres lo habían debilitado en tal forma que podían estar afectados órganos como el corazón y el hígado. No recibió la idea con mucho entusiasmo. Los médicos, comentó, le producían desconfianza y todo lo complicaban. Insistí y quedamos en que al día siguiente vendría con uno. Estuvo de acuerdo a regañadientes. Conversamos un rato más sobre viejos recuerdos y gentes cuyo trato habíamos compartido. Cuando iba a dejarle algún dinero para sus gastos más inmediatos, me dijo: —No, no me deje nada. Déselo mejor a Jalina: la mujer de Yosip. Ella me trae la comida y lo demás que necesito. Si lo deja aquí me lo roban. Hay un tráfico de putas y maricones que no cesa ni de día ni de noche y como tengo que dejar la puerta abierta porque cuando me vienen los ataques me da angustia estar encerrado, entran y se llevan lo que pueden. Así me he quedado sin ropa, sin zapatos, sin papeles. El pasaporte y el dinero para el pasaje en barco hasta Matarani los tienen los porteros. Allí están seguros. Algunas mujeres que vienen y se quedan conmigo, se han llevado cosas como pago por sus servicios, el resto se lo llevan sombras que veo girar a mi alrededor cuando me vienen las fiebres. Traté de tranquilizarlo diciéndole que, en adelante, yo cuidaría de que no lo despojasen más. Pero lo más importante era conocer el diagnóstico de un facultativo para saber cómo estaba y qué debía hacerse para sacarlo de esa situación. Me dio las gracias con una sonrisa que quería ser calurosa a pesar del temblor de los labios que de nuevo empezaba a manifestarse. Pasada la medianoche lo dejé semidormido, bañado en el sudor que empapaba las sábanas. Yosip y su mujer estaban cenando en la portería y les informé que al día siguiente vendría con un doctor. Les dejé el teléfono del hotel por si algo se ofrecía y algunos dólares para los gastos a que hubiera lugar. Me informaron que el Gaviero comía muy poco y se negaba a probar muchos de los platos que la mujer le preparaba. Había un acento de cariño y lealtad hacia Maqroll cuando lo mencionaban, más notorio en la mujer, que usaba al nombrarlo un diminutivo indescifrable. Me sonó a algo como "ruminchi" pero no quise preguntarle al respecto. Sentí que era como entrar en un terreno de intimidad que no me correspondía.

15

Al día siguiente me proporcionaron en los estudios el teléfono de un médico que prestaba sus servicios durante las filmaciones. Me comuniqué con él y resultó ser de nacionalidad uruguaya. Por teléfono se advertía en su voz una serena autoridad que me dio mucha confianza. Quedamos en que pasaría en la tarde a mi hotel e iríamos juntos a ver al Gaviero. A las seis en punto nos encontramos en el vestíbulo. El iba a llamarme a mi habitación y yo había bajado para esperarlo. Era un hombre de estatura mediana, rostro sonriente con ojos expresivos, casi cubiertos por espesas cejas de un negro profundo, al igual que el grueso bigote que le daba un aspecto de bandido de zarzuela. Partimos hacia La Brea y, en el camino, le comuniqué algunos antecedentes sobre el Gaviero. Le conté de nuestra vieja amistad, su condición de errancia perpetua y algunas de sus mas notorias originalidades de carácter. El médico comentó que esas enfermedades tropicales son desde hace años de curación mas bien sencilla; pero cuando el paciente se descuida y suspende los tratamientos, creyendo que ya está libre del mal, se vuelven crónicas y afectan seriamente el bazo, el hígado y llegan a producir lesiones cardiacas serías. Entramos al motel y el doctor no pudo contener un gesto de extrañeza a pesar de que yo le había advertido las condiciones en que vivía mi amigo. Los porteros salieron a saludar y la traza de la pareja acabó de sorprenderlo. No hizo comentario alguno y pasamos al cuarto de Maqroll, que dormía en medio de ligeras convulsiones y una respiración entrecortada. Abrió los ojos y saludó con aire ausente.

Se sometió al examen con una paciencia resignada, poco usual en él. Escuchó las recomendaciones sobre el tratamiento que debía seguir con una sonrisa entre escéptica y cortés. Los nuevos remedios, según el médico, iban a hacerle un efecto benéfico en poco tiempo. Tendría, eso sí, que internarse en un hospital para poder tratarse en forma regular y controlada. Allí donde estaba era imposible hacerlo. Los ataques de fiebre lo dejaban largas horas inconsciente o adormilado y no tomaría las medicinas a su hora debida. A todo esto el Gaviero asentía sin oponer resistencia. Su única objeción fue de orden económico: no tenía un solo centavo y no veía cómo entrar a un hospital en tales condiciones. Le expliqué que yo me haría cargo de ello. Más tarde arreglaríamos cuentas. Se alzó de hombros y me dio las gracias fijando su mirada en una lejanía no por hipotética menos intensa y dolorida. Regresé con el médico al hotel para que recogiera su automóvil. Mientras recorríamos el interminable e insulso bulevard de Santa Mónica, el uruguayo guardaba un silencio que quería ser discreto pero que revelaba su imposibilidad de conciliar mi cargo, lleno de responsabilidades en países sudamericanos bajo mi cuidado, con la amistad de alguien tan ajeno al mundo de las grandes corporaciones del cine de Hollywood. Finalmente, y un poco con mi ayuda, se resolvió a preguntarme dónde había conocido a tan curioso personaje, con ese nombre imposible de identificar con nacionalidad alguna. Le respondí que habíamos hecho amistad durante uno de mis viajes de rutina por las Antillas en un buque cisterna de la Esso, cuando trabajaba para esa compañía. Maqroll era jefe de bombas y nuestra relación nació cuando lo vi abstraído, durante uno de sus ratos libres, en un erudito tratado sobre la Guerra de Sucesión de España. Entramos de lleno en materia, por ser

17

ése un tema que también a mí me interesa, y coincidimos en el indudable derecho que cabía a Luis XIV de reclamar para su nieto el trono que dejaban vacío los Austria. Volvimos a encontrarnos en viajes posteriores y se nos hizo costumbre coincidir en los más inesperados lugares del mundo, según lo permitían nuestros sucesivos cambios de ocupación. —Nunca hubiera pensado que fuera hombre con inquietudes intelectuales —me comentó el médico con cierta cautela profesional. —Yo no lo llamaría en esa forma —le respondí—. La sola palabra intelectual le produciría al Gaviero un sobresalto mayúsculo. Es un hombre con profundas y muy sinceras curiosidades y un gusto muy personal por el pasado, que van parejos con una buena formación literaria, lograda al margen del mundo en donde suelen moverse los llamados intelectuales—. No vi muy convencido al doctor, que aún no se reponía del encuentro con alguien como Maqroll. Le relaté en forma suscinta y superficial algunas anécdotas de la vida de mi amigo, que en nada contribuyeron a devolverle la tranquilidad. Cuando llegamos al hotel me dio la dirección del hospital en donde podrían tratar al Gaviero y se despidió con cierta reserva.

Al día siguiente fui por Maqroll en una ambulancia. Apenas se podía tener en pie. Yosip y su mujer me interrogaron con angustia sobre lo que iban a hacerle a su huésped por quien mostraban un caluroso interés que afloraba en la torpeza de sus preguntas y en la ansiedad de sus tímidas objeciones. Maqroll los tranquilizó diciéndoles que no era culpa de ellos el que tuviera que dejar el sitio, sino que se trataba de seguir un tratamiento muy riguroso y por esto era indispensable internarse en el hospital. Les di la dirección para que fueran a visitarlo. Cuando subían la camilla a la ambulancia, Jalina se agarró a mi brazo con súbita congoja y me repitió varias veces: —*S'il s'agit de le soigner, ça va. Mais vous êtes responsable si ça ne marche pas. C'est un ami comme il n'y en a pas d'autres*—. La tranquilicé como pude y torné a confirmarle que era tan viejo y buen amigo suyo como podían serlo ellos; que no había nada qué temer y todo iría bien. Ya nos veríamos en el hospital. Dos grandes lágrimas empezaron a correr por su rostro que guardaba todavía las proporciones y el porte de una altivez mediterránea. Yosip observaba la escena con esa tranquilidad felina que adquieren los mercenarios a fuerza de convivir con el dolor y la muerte. Mientras ascendíamos por La Brea para tomar el *freeway* a San Fernando Valley, en donde se encontraba el hospital, la sirena de la ambulancia se abría paso por entre el tráfico. Maqroll me miraba entre divertido y extrañado. Me comentó que sus amigos del motel, de tanto verlo sobrevivir a los más absurdos avatares, se habían formado una idea sobre él que no excluía cierta sospecha de inmortalidad. Verlo partir en una ambulancia rumbo al hospital era un golpe muy brusco a esa imagen que debía serles necesaria para seguir viviendo. —Uno sirve a menudo de garantía contra la muerte y lo que hace en verdad es llevarla siempre a las costillas simulando ignorarla —comentó volviendo sobre una de sus más arraigadas obsesiones.

El tratamiento a que fue sometido Maqroll en el hospital con nombre bíblico y riguroso reglamento cuáquero, empezó muy pronto a dar resultados. Los ataques de fiebre fueron espaciándose más y más y el Gaviero pasó muy pronto de la silla de ruedas a caminar lentamente por las avenidas del aséptico jardín cuyas

19

flores parecían de plástico, como también los naranjos cargados de frutos de un improbable amarillo. Solía visitarlo al final del día, cuando terminaban mis tareas en los estudios y durante las tardes de los sábados y domingos. De vez en cuando me encontraba con el portero y su mujer. Su desconfianza hacia mí había dado paso a una cordialidad un tanto brusca y conmovedora. La recuperación del Gaviero los había tranquilizado, como también algunas aclaraciones que aquél debió hacerles sobre nuestra relación.

Un sábado fui a visitarlo en la mañana y encontré que había reunido sus pocas pertenencias en una bolsa de mano de las que obsequian las líneas aéreas. Mostraba haber sido sometida a viajes mucho más arduos que los que suelen hacerse en avión. Maqroll me esperaba sentado en una silla y todo en él mostraba una impaciencia, una inquietud nada usuales. Antes de que pudiera preguntarle qué sucedía, el Gaviero se apresuró a explicarme: —Esta mañana, muy temprano, el doctor llamó para autorizar mi salida. Ayer tuvimos una larga entrevista y llegó a la conclusión de que el ambiente, impersonal y funerario de estas instituciones me estaba haciendo más daño que las fiebres. Ya sabe que los hospitales no han sido nunca mis lugares favoritos. Ni cuando estuve en ellos como vigilante, en el Hospital de la Bahía, ni en el de los Soberbios[1] pude librarme de esa sensación de antesala de la muerte que tienen estos edificios, así sean tan suntuosos y con pretensiones de hotel de lujo como éste. Así que me voy. Usted me dijo que hoy vendría y aquí me tiene listo para regresar al motel o a cualquier sitio que no tenga nada que ver con

---

[1] Poesía. *Reseña de los hospitales de ultramar.* Procultura, Bogotá, 1986, págs. 79 y 88.

médicos ni enfermeras—. No me sorprendió la decisión de Maqroll de abandonar el hospital. Ya había venido notando su rechazo al ambiente que lo rodeaba y su deseo de abandonarlo tan pronto estuviera medianamente repuesto. Sin embargo, para estar más seguro, resolví hablar con el médico y conocer su opinión con más detalle. Le hablé por teléfono desde la habitación y me dijo que, en efecto, pensaba que mi amigo podía dejar la clínica pero era aconsejable que descansara en un ambiente familiar, tranquilo, muy diferente al del motel de donde lo habíamos rescatado en buena hora.

Así se lo comenté al Gaviero y le propuse que aceptara quedarse unos días en casa de mi hermano, en el clima privilegiado del Valle de San Fernando, donde él vivía, no lejos de la Universidad de Northridge con sus extensos naranjales y sus blancos edificios silenciosos. Aceptó un tanto a regañadientes. No quería molestar en casa ajena, su presencia iba a romper la rutina de los dueños; a los cuales, además, no conocía. Lo tranquilicé aclarándole que ellos estarían encantados de acogerlo en su casa, no tenían hijos y eran personas acostumbradas a tratar con amigos de existencia tan dispar y accidentada como la suya.

La vida en la casa de Northridge entró muy pronto en un cauce de franca familiaridad. El Gaviero estaba encantado con mi hermano, con quien discutía largamente sobre las distintas clases de whisky y las ventajas de los densos frente a los ligeros, que consideraban buenos para hipócritas que no saben disfrutar un buen escocés y desean aparentar que lo toman con mucha agua. La esposa de mi hermano trataba de compensar estas elucubraciones con suculentos platos de su repertorio, entre los cuales destacaban un pollo en salsa de champiñones y una lengua alcaparrada que Maqroll elogió con sincero entusiasmo. Yo los visitaba los días que me quedaban disponibles, después de trabajar en los estudios y, desde luego, los fines de semana, que pasaba en su compañía. Maqroll se reponía a ojos vistas y comenzaba a mencionar con mayor frecuencia sus planes de explotar la cantera en la costa peruana. De nuevo empezaba a hervir en él la fiebre trashumante.

Un día, cuando saboreábamos unos pollos a la brasa preparados en la parrilla del patio, al pie de la piscina, regados con un Beaujolais joven, que conseguí de casualidad en un almacén de licores de Burbank, a mi cuñada se le ocurrió preguntarle a Maqroll cómo era posible que a un hombre de mar como él pudiera interesarle una empresa tan de tierra adentro como lo eran esas canteras. ¿Quién lo había encaminado a semejante empresa que para nada se avenía con su vida y sus andanzas anteriores? Allí, agregó ella, podían esperarle días muy difíciles. El Gaviero permaneció en silencio un largo rato. Yo estaba acostumbrado a tales ausencias, pero los dueños de casa aún se sorprendían al ver cómo mi amigo podía perderse en la intrincada red de sus recuerdos y en la oculta familiaridad con los demonios confinados en los más abstrusos rincones de su ser. Maqroll nos miró por fin como si regresara de un viaje inconcebible. Fue entonces cuando dijo aquello de sus insólitos días en Amirbar. Jamás, como ya lo dije, había escuchado de sus labios ese nombre. No sabía lo que significaba, ni tenía a mi juicio relación con ninguna de las historias que me relatara en el curso de nuestra vieja amistad. —¿Qué es Amirbar? ¿Qué significa esa palabra? —preguntó mi hermano Leopoldo sin saber que Maqroll, al responderle, iba a revelar una torturada porción de sus recuerdos, hasta entonces incógnita para nosotros. Ese día no estaba el Gaviero en ánimo de extenderse sobre el asunto. Se limitó a responder, con la mirada todavía turbia de añoranza y desconsuelo: —Amirbar era el nombre del Ministro encargado de la Flota en el reino de Georgia. Supongo que viene del árabe Al Emir Bahr. Otro día les contaré lo que viví en ese sitio y en otros parecidos, presa del delirio arrasador que la gente llama con ligereza la fiebre del oro.

Como todo lo suyo, la narración de su pasado estaba sometida a una compleja alquimia de humores, climas y correspondencias, y sólo cuando ésta se daba plenamente se abrían las compuertas de su memoria y se lanzaba en largas rememoraciones que no tenían en cuenta ni el tiempo ni la disposición de sus oyentes. Pero también es cierto que, para éstos, la experiencia acababa en una suerte de encantamiento que disolvía la cotidiana rutina de sus vidas.

En la tarde de un domingo, uno de esos días en que el verano de California parece tener una condición de eternidad, como si se hubiera instalado para siempre en medio del sosiego ardiente que llegaba a producir el vago temor de hallarnos ante un fenómeno sobrenatural, se me ocurrió proponer que probáramos un *Old fashioned* cuya fórmula venía ensayando con resultados que me ofrecían ya una confianza casi absoluta. Se trataba de reemplazar el bourbon por ron de las islas auténtico y de agregar a éste, además de los otros ingredientes, un poco de oporto. Todos estuvieron de acuerdo en que nos lanzáramos al ensayo, si bien noté en el Gaviero un ligero gesto de incertidumbre. Esto no era nuevo para mí ya que, en muchos de nuestros encuentros, él, siempre ortodoxo en relación con el alcohol, no acababa de aprobar mi manía herética de modificar las fórmulas consagradas. El cocktail resultó un éxito. La luz comenzaba a hacerse más tenue y aterciopelada y un tímido ensayo de brisa desalojó el calor de desierto libio que había reinado todo el día. Eran ya casi las ocho de la noche pero había luz para rato. Hablábamos de puertos y Maqroll terminó de narrarnos su encuentro con un guardacostas portugués que quiso detenerlo frente a Oporto. Llevaba contrabando, como era obvio, y Abdul Bashur, su socio, lo esperaba en el puerto con la ansiedad que era de suponer. Se había librado a último momento, pretextando una avería que no daba espera. Al terminar su relato, mi amigo entró en uno de sus pozos de silencio, mientras saboreaba mi fórmula con vaga sonrisa aprobatoria. De repente, se nos quedó mirando como si nos viera por primera vez y dijo:

«Pues esto de las minas de oro es algo sobre lo cual no se puede hablar a la ligera. Es como un lento veneno que nos va invadiendo y del que sólo nos damos cuenta cuando ya es muy tarde. Como un opio furtivo o como esas mujeres en las que, al comienzo, no paramos mientes y, luego, hacen de nuestra vida un infierno ineludible». La primera vez que oí hablar de minas de oro fue por una alusión de mi querido Abdul Bashur, que los dioses tengan a su vera. Me propuso ir a una propiedad de su familia en las montañas del Líbano, en donde, al parecer, habían encontrado rastros de mineral aurífero. Estábamos, entonces, en pleno negocio de contrabando de alfombras, que vendíamos en Suiza a un grupo de arquitectos decoradores, y nos dejaba muy buenas ganancias. Nuestra amiga Ilona servía de intermediaria con los suizos y nosotros nos encargábamos del tráfico y compra de la mercancía. Nada fácil por cierto. La propuesta de Bashur de ir a las minas quedó en el aire y no volvimos a pensar en el asunto. Años después, en Vancouver, cuando buscaba desesperadamente la forma de salir de allí y esperaba a mi amigo el pintor Obregón que me había prometido ir en mi auxilio, me dediqué a recorrer tabernas y bares del puerto en busca de alguien con quien dialogar un poco sobre las cosas del mar y compartir el más tolerable de los whiskies canadienses. Allí encontré un viejo gambusino que había recorrido los más variados lugares del globo en busca del yacimiento que lo sacara de pobre. Le mencioné, como pretexto para continuar la conversación, lo que Bashur me había comentado años atrás. —No —me dijo—, en el Líbano no hay nada. Nunca ha habido nada. Esas son leyendas que corren para amedrentar a los drusos, que son los dueños y señores de la región montañosa y sirven de excusa para desalojarlos de los lugares en donde pastan sus ganados. Es una historia muy complicada. Pero no, no hay nada. Donde sí puede encontrarse todavía oro con relativa facilidad es en las estribaciones de los Andes. Hay que buscar allí las minas abandonadas y volver a intentar el ponerlas a producir—. Mi interlocutor se lanzó luego a una larga disertación sobre permisos gubernamentales, derechos del beneficio minero y, finalmente, sobre las casi palpables e inmediatas posibilidades que había allí de encontrar oro. Yo desconocía aún la capacidad, casi inagotable, de estos soñadores, víctimas irredentas de una ansiedad voraz que los corroe y les hace ver espejismos como realidades al alcance de su mano. De Vancouver viajé hasta Baja California y allí me dediqué al cabotaje en el golfo de Cortés, en un barco del que terminé siendo socio con dos oscuros personajes de ascendencia croata que acabaron dejándome en la miseria. Volví, entonces, a recordar las palabras del gambusino canadiense y con el poquísimo dinero que me quedaba resolví emprender la búsqueda de minas abandonadas en el macizo central de las tres cadenas de montañas en las que los Andes van a morir frente al Caribe.

«Bajé por el río hasta el centro del país y en las estribaciones de la cordillera comencé a recorrer los pueblos en donde la tradición de la minería se conservaba aún viva. A fin de familiarizarme con el ambiente de las minas, acepté el cargo de cuidador de unos socavones abandonados a orillas del río Cocora.[2] En otro lugar narré las visiones, terrores y desencantos que me proporcionó esa prueba. Tal vez en ese relato la fantasía ocupe un lugar preponderante, pero ello se debe, sin duda, a que fue mi primer contacto con un ambiente tan distinto y ajeno al que me ha sido familiar toda la vida, que es el del mar, los navíos y los puertos. De Cocora salí ya preparado para emprender una exploración, a fondo y por mi propia cuenta, de una mina de oro registrada a mi nombre. Tras algunos meses de búsqueda llegué al fin a una pequeña población llamada San Miguel, en donde se hablaba todavía de una mina de oro cuyas primeras galerías las había excavado un grupo de alemanes. El nombre de la mina atrajo mi atención, se llamaba "La Zumbadora". La gente de Hamburgo había, al parecer, encontrado varias afloraciones de un filón que, al principio, prometía muchísimo. Luego perdieron la esperanza de hallarlo de

---

[2] *La nieve del almirante*, Alianza tres, Madrid, 1986, pág. 119.

nuevo y abandonaron el lugar dejando allí herramientas y maquinarias inservibles. Años después, unos ingleses, asociados con ganaderos del lugar, hicieron otro intento de exploración. Tuvieron más suerte que los alemanes y parece que lograron cantidades de oro bastante apreciables. Vino entonces una de las tantas guerras civiles que son endémicas en la región y los propietarios de la mina, junto con los ingenieros y peones que trabajaban en ella, fueron fusilados en uno de los socavones, con el pretexto de que allí almacenaban armas para la insurgencia. Para desaparecer los cadáveres fue dinamitada una galería y el lugar se convirtió en motivo de leyendas de aparecidos. De vez en cuando, alguien subía con intenciones de escarbar en las entrañas de la mina, pero se le veía al poco tiempo descender al pueblo contando historias escalofriantes nacidas, seguramente, del deseo de ocultar su fracaso.

«En San Miguel había un café cuyo dueño era también propietario, en el segundo piso, de algunas habitaciones que solía arrendar a quienes visitaban el lugar: ganaderos en busca de tierras, colectores de impuestos, culebreros vendedores de drogas milagrosas que los domingos se enroscaban al cuello una enorme serpiente semianestesiada y se subían a un cajón para hacer el relato de sus andanzas y el hallazgo consiguiente de la medicina que todo lo curaba. El café, como todos los de la región, era atendido por mujeres, todas de formas opulentas y trajes ceñidos que dejaban ver buena parte de los muslos. Me pareció curioso ver que al café sólo entraban hombres. Algunas esposas o amantes de los parroquianos, esperaban en la calle para llevarlos a la casa cuando el aguardiente, después de muchas horas, los dejaba en estado de arrasadora embriaguez. El conductor de un vehículo mixto de pasajeros y carga, que allá suelen llamarse "chivas", con el que recorrí los trescientos kilómetros que separan San Miguel de la capital de provincia, y con quien había establecido una relación muy cordial —era un hombre de esos que aúnan el carácter festivo y llano de la gente de tierra caliente con una inteligencia natural tan notable como infalible—, me puso en relación con el dueño del café, a quien me recomendó muy especialmente. En el trayecto me habló de La Zumbadora y de las consejas que se tejían sobre ella. Cuando le pregunté si pensaba que aún podría encontrarse oro allí, me contestó: —Encontrarse se puede encontrar seguramente, lo jodido es buscarlo y para eso hay que tener la cabeza muy serena. Porque el que busca oro siempre acaba medio loco. Ahí está el problema—. Poco tiempo después recordaría las palabras de Tomasito, que así llamaban a mi amigo, y podría medir toda la verdad que encerraban. Me instalé en una habitación que daba a la plaza del pueblo. Pronto tuve que acostumbrarme al estruendo de voces, vajilla lavada y vasos golpeando en las mesas de latón esmaltado que subía del café hasta muy entrada la noche. Una victrola molía incansablemente tres o cuatro discos, siempre los mismos, cuyas canciones, lamentando la traición de una mujer o su inesperada huída, apenas eran audibles en medio del bullicio. Buena parte del tiempo la pasaba sentado en una mesa del fondo a la que me llevaban, con pausada regularidad, una cerveza floja y de sabor ligeramente medicinal que se anunciaba por caminos y ciudades con un nombre de origen teutón que prometía algo mejor. Allí acabé de informarme sobre La Zumbadora y sus historias de espantos y visitaciones. También fui creando lazos con algunas de las meseras que, cuando escaseaba la clientela, se sentaban a contarme su vida y a pedirme consejo sobre sus amores y tropiezos. Había en todas ellas un inusitado fondo de inocencia que para nada correspondía con la falda corta y ceñida, el maquillaje chillón y el desplazarse entre las mesas contoneando las caderas y exhibiendo el escote que atraía siempre los comentarios salaces de la clientela de machos en estado de ebriedad, alejados de sus casas, perdidas en la bruma de la cordillera. No eran mujeres que se entregaran fácilmente. Para lograrlo había que realizar un largo y convincente cortejo que acogían con una mezcla de escepticismo campesino y aguda malicia de quien ha tenido ya que sortear los malos pasos de una vida al margen de la convenciones, que seguían respetando y a las que soñaban volver para disfrutar de una estabilidad que, en el fondo, representaba la máxima aspiración de sus vidas. La primera vez que invité a una mesera a que me acompañara a mi habitación, me respondió sin enojo pero con acento terminante: —Mire mijo, yo no soy puta ni pienso serlo nunca. Si me ve trabajando aquí es porque tengo que sostener un hijo que tuve con un teniente de la Rural. Al pobre lo mataron los de la CAF y no alcanzamos a casarnos. A lo mejor ni lo hubiera hecho, pero me lo había prometido. Usted se ve buena persona y se me hace que ha andado mucho mundo. Le doy un consejo: si alguna vez quiere de veras tener relación con alguna de nosotras, tiene que ponerle mucho cariño al asunto. Sólo así, y tampoco le puedo asegurar que tenga éxito. ¿Le traigo otra cervecita?—. Era tan directa y clara la puesta en orden que me había dado la mujer, que para seguir conversando con ella le pedí otra cerveza, aunque cada vez que terminaba una botella del insípido brebaje me prometía no repetir. Conversamos largamente y resultó ser una fuente de información bastante valiosa. Sus padres vivían no muy lejos de los socavones de La Zumbadora, que ella conocía muy bien. Era una mujer alta, de piernas y brazos delgados y nervudos, pechos pequeños y firmes, caderas estrechas y prominentes nalgas de adolescente. El rostro, también delgado, mostraba una barbilla alargada y un labio inferior carnoso que le daba un aire vago de infanta española que se desvanecía de inmediato en la expresión desorbitada de unos ojos color tabaco oscuro y las cejas renegridas y espesas que casi se confundían con el nacimiento del pelo, alborotado y crespo, dejando apenas espacio para una frente ligeramente hundida que le añadía un aspecto inquietante, por entero en desacuerdo con su carácter jovial y un marcado sentido del humor que dosificaba con su conocimiento de los hombres, adquirido más en su oficio de mesera que en el lecho. Nuestra amistad llegó a ser muy firme y no se nos ocurrió transformarla en otra cosa. A menudo, cuando advertía que yo estaba abstraído en la lectura de algunos de los libros sobre mineralogía que llevaba conmigo o en cualquier otro de los que siempre me acompañan, se sentaba a mi lado en espera de la llamada de algún parroquiano.

«De paso por Martinica, camino a mi aventura de minero, había adquirido a bajo precio en una librería de lance de Pointe à Pitre, algunos tratados que pensé podían serme útiles: *Géologie Moderne*, de Poivre D'Antheil, *Minéralogie Apliquée*, de Benoit-Testut y *L'Or, le Cuivre, l'Argent, le Manganèse*, un fatigado mamotreto de fines del siglo XVIII escrito por un tal

Lorenzo Spataro, lleno de buen sentido y de observaciones tan sensatas como fáciles de aplicar. Para aliviar la aridez de estas lecturas, traía conmigo un libro que me proporcionaba un placer indecible, era *Les Guerres de Vendée*, de Emile Gabory. Esta obra, de una riqueza documental y de una clara inteligencia para presentar los personajes y hechos de la época que evocaba, muy difíciles de encontrar en obras de una abrumadora pesadez académica, me introducía en los laberintos de la historia con la amable ligereza con la que deben contarse las anécdotas galantes. La gesta de la Vendée me ha atraído siempre en forma singular. Constituye la respuesta del más lúcido y exquisito de los siglos de la Europa Occidental, a la brutalidad de un carnaval sangriento que desembocó en el sombrío y mezquino siglo XIX. —Qué tanto lee usted, carajo. Se va a volver ciego. Yo creo que los libros no sirven sino para confundirlo a uno— me reprochaba mi amiga Dora Estela, más conocida como "la Regidora". Respecto a los tratados sobre minería me fue fácil decirle para qué servían, pero sobre el otro volumen tuve que contentarme con una vaga alusión que la dejó harto descontenta. —Si todo eso pasó ya y todo el mundo está enterrado, de qué sirve hurgar en esa huesamenta. Ocúpese de los vivos, más bien, a ver si logra algo—. Le indiqué que los vivos suelen estar a menudo más muertos que los personajes de esos libros y que estaba tan convencido de eso que ya ni siquiera podía escuchar con atención a mis semejantes porque me daba miedo despertarlos. —Bueno, en eso sí tiene razón. Las pendejadas de la gente cansan más que lo que los muertos quieren decirnos a veces—. Así era la Regidora; qué mujer. Si le hubiera hecho caso cuántas horas amargas me hubiera evitado.

«Un día en que comencé a pedirle detalles más precisos sobre la mina, me contestó: —Mire, lo mejor que puede hacer es subir y conocerla. Yo no puedo saber lo que usted necesita. Pero, ahora que me acuerdo, un hermano mío que vive cerca de mis padres, acompaña a los gringos que suben de vez en cuando a recorrer las galerías y se queda con ellos por semanas, hasta que se aburren y se van. Eulogio viene la semana entrante con un ganado para la capital. Se lo voy a presentar y a pedirle que lo acompañe. Es muy callado, porque lo espantaron de niño, pero es muy entendido y tiene fama de derecho. No se asuste si a veces no le contesta. Al rato le va a responder con seguridad. Téngale paciencia—. Por mi parte, yo también había llegado a la resolución de subir a la mina y ver qué aspecto tenía. Los manuales, escritos con la claridad y el rigor de todo texto de estudio publicado en Francia, me habían dado ya bases para poder examinar el lugar y sacar conclusiones sobre su posible explotación. El ofrecimiento de Dora Estela venía a concretar mis planes felizmente, porque la ayuda de un baquiano en la región me facilitaría mucho la tarea. Convinimos en que me avisaría de la llegada de su hermano y me pondría de inmediato en contacto con él. Imaginé cuál podría ser el aspecto de ese hermano de la Regidora. Si se le parecía, era de esperar que tuviera un rostro de trabucaire propio para imponer miedo al más templado».

La noche llegó sin que nos diéramos cuenta. El cielo conservaba una especie de luminosidad difusa, como la del firmamento en el verano del Océano Indico. La brisa que nos trajo alivio al comienzo del relato del Gaviero, se había retirado y el calor tornaba a reinar en medio de esa quietud magnífica que precede a ciertas ceremonias. Pregunté si alguien quería otro de mis *Old Fashioned* con oporto y el rechazo fue tan cortés como unánime. Maqroll expresó su deseo de continuar con bourbon puro y los dueños de casa se pasaron al vino blanco frío. Seguí el ejemplo del Gaviero y nos dispusimos a escuchar la continuación de su relato.

«Hasta ese momento —prosiguió—, mi interés por las minas de oro era puramente especulativo. Es decir, me interesaban como exploración de un mundo que me era extraño. Esa clase de desafíos son los que me permiten todavía seguir viviendo sin buscar la puerta falsa. El mar me los ha ofrecido siempre y puede ser con ellos de una generosidad devastadora. Por esto, cuando estoy en tierra, padezco una especie de desasosiego, de limitación frustrante, casi de asfixia, que desaparecen tan pronto subo la escalerilla del barco que va a partir conmigo en alguno de esos viajes inauditos en donde la vida acecha como una loba hambrienta. Cuando era joven entré como gaviero en la tripulación de un ballenero islandés que nos contrató en Cardiff. Su gente venía enferma por una intoxicación con alimentos descompuestos. La lección del mar, las largas horas que pasé trepado en la parte más alta de la gavia escrutando el horizonte, todo eso fue para mí de una plenitud que me colmaba tan intensamente, que nada, después, ha vuelto a darme tal sensación de libertad sin fronteras, de disponibilidad absoluta. Pero algo de eso regresa siempre que estoy en un barco, así sea sepultado entre la grasa y el calor infernal del cuarto de máquinas. Ustedes se preguntarán, entonces, qué podía atraerme en este asunto de las minas tierra adentro. Bien, es muy fácil de entender: se trataba de un último intento de hallar en tierra así fuera una pequeña parcela de lo que el mar me proporciona siempre. Ahora sé que era inútil y que perdía el tiempo. Entonces no lo sabía. Mala suerte. No crean que estoy magnificando la vida en el mar. El trabajo en un navío puede ser una prueba agotadora, es más, casi siempre lo es. Así sea en un oficio como el que tuve con Wito en el HANSA STERN,[3] donde tenía que llevar los libros de a bordo, el mar no suele permitir una tarea fácil. Allí también me las vi negras sorteando tifones en el Golfo de México con el barco mal cargado y Wito inmerso en un absorto mutismo de mal presagio. Bueno, pero volvamos a la historia de La Zumbadora, porque si pierdo el hilo voy a parar quién sabe adónde.

«El hermano de Dora Estela llegó a San Miguel con el ganado que iba a subir en dos camiones que lo estaban esperando desde el día anterior. Se hospedó en la habitación contigua a la mía y allí se encerró con su hermana por largo rato. Escuché las voces de una discusión violenta y luego un llanto sostenido que parecía no terminar nunca. Bajé al café para esperarlos allí. No quería ser involuntario testigo de sus dramas familiares. Una hora después entraron y fueron directamente hacia mi mesa. Ella tenía los ojos irritados y las lágrimas le habían corrido la pintura dejando en las mejillas una sombra negra que la envejecía. Sin embargo, la vi serena, como si hubiera logrado poner en

---

[3] *Ilona llega con la lluvia*. Mondadori, Madrid, 1988.

34

orden algo que la atormentaba de tiempo atrás. El hermano, contra mis conjeturas, en nada se le parecía. Era un mozo de estatura mediana, con ciertos rasgos europeos que hacían pensar en alguien que tuviese sangre asturiana. Los ademanes lentos denunciaban una fuerza física excepcional. Un aire de bondad, de bonhomía más bien, no lograba avenirse con esa soberbia energía muscular que, al pronto, se antojaba inútil y ajena a su carácter. Nos saludamos y en el apretón de manos me transmitió una cordialidad espontánea que, al tratar de expresarse en palabras, se quedó en algunas musitadas por lo bajo e imposibles de entender. La Regidora le contó de qué se trataba. Por sus frases me di cuenta de que algo habían conversado ya del asunto. Me inquietó que éste fuera el motivo de la disputa pero, como si hubiese leído mis pensamientos, la mujer se apresuró a tranquilizarme: —Eulogio también confunde mi trabajo con la forma de vestirme. Siempre trata de que regrese a casa y deje este lugar. No hay manera de que entienda que aquí tengo menos peligro de llevar una vida indigna. Allá arriba cada peón se siente con derecho a revolcarme en el suelo como si fuera de su propiedad. Siempre creo que me ha entendido y, siempre que regresa, viene con el mismo cuento. Bueno, volvamos a lo de la mina. Dígale al señor —agregó dirigiéndose a su hermano— lo que puede hacer por él, si es que quiere hacerlo. Ya le dije que es una buena persona y puede confiar en él—. El hombre se me quedó mirando y sentí como si tuviera que hacer un esfuerzo para poner en orden lo que iba a decir; pero cuando comenzó a hablar lo hizo con fluidez y claridad.

—La mina tiene oro, señor —dijo—, de eso no hay duda. Lo que pasa es que la gente que ha venido a intentar reabrirla quiere tener resultados de inmediato y eso no es posible tal como quedó todo después de la voladura que hicieron los de la Rural. Parece que el filón está sepultado justamente allí. Es cosa de paciencia. Yo no sé mucho de minas pero he acompañado a algunos que sí parecían expertos. Por lo que les he oído, sería cosa de quedarse allí y examinar con cuidado cada galería de las que aún quedan en pie para ver si se encuentra algún afloramiento. Yo lo acompaño con mucho gusto. Tengo sólo que embarcar este ganado y arreglarme con los choferes, después pongo un telegrama a la ciudad para anunciar el envío y podemos subir. Esto me toma un día y medio o dos. Usted dirá—. Le respondí que por mí no había inconveniente y que estaba listo a acompañarlo en cualquier momento. Le hablé de honorarios y no me contestó nada. —No se ocupe de eso, señor —intervino su hermana que tenía largo entrenamiento en llenar los vacíos de Eulogio—. El lo hace porque sabe que usted y yo somos amigos y eso basta—. Le contesté que de ninguna manera quería ocuparlo sin reconocerle el salario que le correspondía. No me parecía justo. Yo pensaba, además, contar con él por todo el tiempo que fuera necesario y esto tenía un precio. —Si usted me permite —intervino Eulogio sin inmutarse por su larga pausa—, esperemos a que visite la mina y haga sus cálculos de tiempo y trabajo y entonces hablamos. Estoy de acuerdo en que fijemos un salario, pero es mejor que lo hagamos después. Allá se dará cuenta de por qué se lo digo.

«No era muy tranquilizante esta prudencia de Eulogio en establecer sus responsabilidades. La maldita mina debía guardar más de una mala sorpresa. Dora Estela comenzó a limpiarse la cara y arreglar su maquillaje e iba a decir algo cuando un cliente la llamó desde la otra mesa. En su ausencia acordé con su hermano que saldríamos dentro de dos días. Le pregunté qué debía llevar y me dijo que, por ahora, dejara mis cosas al cuidado del propietario del establecimiento. Podía confiar en él. —Lleve lo puesto y dos mudas más. Después regresa por el resto. Si se anima a trabajarle al asunto, tendrá que comprar algunas herramientas y gestionar en la Gobernación el permiso para explotar la mina. No pida todavía la adjudicación. Eso es más complicado y no sabemos si vale la pena—. Le pregunté si esas gestiones eran muy engorrosas y me tranquilizó: —A nadie le importan aquí esas vainas —comentó—. Ahora que acabaron con las CAF, están apareciendo otros grupos y eso es lo que en verdad les importa—. Le pregunté qué eran las famosas CAF que había oído mencionar antes y comentó en tono un tanto irritado, tras una larga pausa que pensé terminaría por ser un silencio completo: —Ay, mire mi don, esa gente toda está loca. Las CAF son las Compañías de Acción Federal. Es un grupo de desesperados que no creo que sepan lo que quieren. Arrasan con todo, se enfrentan al ejército hasta que los copan, matan ganado y gente sin motivo ni sistema alguno y desaparecen en el monte. Quién les paga, quién los arma, eso nadie lo sabe. Parece que, por lo menos por aquí, ya los exterminó el ejército. Pero no tardarán en aparecer otros. Es como una plaga. Llevamos más de treinta años en esto y no tiene visos de terminar. Bueno, en eso quedamos, yo me voy a ver si embarco esas reses pronto y aquí nos vemos más tarde—. Se puso de pie y me estrechó la mano con la misma cordial energía de antes. Era como si no estuviera acostumbrado a manifestar sus sentimientos con las palabras y lo hiciera con el gesto. Al pasar junto a su hermana, que estaba en el mostrador esperando que le sirvieran la orden de un cliente, le pasó el brazo por los hombros y le besó la mejilla como si se tratara de una niña que estaba destinado a proteger. Ella le sonrió con una expresión en donde afloraba aún un vago rictus de llanto. Sin saber muy bien por qué, la escena me conmovió hondamente. Era como sentir dentro de mí la lucha de esos dos hermanos contra un mundo adverso en donde la crueldad y la saña eran, al parecer, el pan de cada día. Dora Estela vino a conversar conmigo, de pie, con la mano apoyada en la mesa que ostentaba en rabiosos colores una publicidad de la famosa cerveza que estábamos obligados a consumir. —¿Cómo le pareció?—, me preguntó intrigada. —Muy bien —le contesté—, se ve un tipo derecho que conoce bien La Zumbadora y su historia. Creo que me va a ser muy útil. Estoy muy contento de contar con su ayuda. No se parecen ustedes mucho. Nadie diría que son hermanos—. Ella sonrió, sin lograr que su ceño de contrabandista vasco se atenuara un poco. —Sí —comentó—. El es el buen mozo de la familia. Salió a mi madre que, según dice ella, desciende de españoles. Su apellido es Almeiro y nadie se llama así por estos lados. Yo salí a mi padre. Qué le vamos a hacer—. Le respondí que no creía que en el reparto hubiera sido la menos favorecida y se alzó de hombros al tiempo que regresaba al mostrador luciendo en el andar la doble y bien delineada firmeza de sus nalgas de gimnasta.

«Partimos a la madrugada, cuando el sol aún no había salido y se anunciaba apenas en una franja de tenue color naranja que destacaba el borde de la cordillera. Ustedes habrán experimentado muchas veces esa vaga ansiedad que se siente al partir a esas horas hacia un lugar que no conocemos. Esa oscuridad opalina del amanecer en el trópico tiene un no sé qué de inquietante. Las cosas, el mundo y sus criaturas, carecen de un perfil definido, de una presencia palpable y parecen acercársenos con fines invocatorios que pertenecen más al ámbito del sueño que no acaba de abandonarnos por completo. Eulogio, con sus transidos silencios, contribuía no poco a esa extraña impresión. Me prestó una yegua mansa y él subió en un caballo castigado por muchas jornadas en los empinados caminos de la cordillera. Hasta muy entrada la mañana subimos, en efecto, por un camino que, en la estación de las lluvias, debía convertirse en torrente caudaloso. Las grandes piedras del lecho dificultaban notablemente la subida. Pero, hacia el mediodía, cuando pensé que continuaríamos hasta alcanzar el páramo, que ya se divisaba con sus jirones de niebla corriendo por entre la erizada vegetación de las alturas, comenzamos a descender por un trayecto en zig zag, aún más escarpado y difícil para el paso de las bestias. Le pregunté a mi guía cómo era que ellos hablaban de subir a la mina si lo que estábamos haciendo era descender hacia una hondonada cuyo fondo estaba oculto por la vegetación y la espesa neblina. —Como al principio se sube durante tantas horas, la gente se acostumbró a decir así. En verdad la mina está en el fondo de esa cañada. No lejos de ella tenemos sembrado un pequeño cafetal a orillas de la quebrada. El ganado lo subimos a pastar a los planes de Acure—. Seguimos bajando hasta casi entrada la noche, que por esos parajes irrumpe muy temprano y de repente. Al llegar al lecho de la quebrada que corría en el fondo de la garganta, seguimos su curso internándonos en una espesura donde reinaba un calor húmedo cargado con el denso ambiente de aromas vegetales evocadores de lo que debió ser el sexto día de la creación. De vez en cuando venían hacia nosotros nubes de luciérnagas de un ligero tono azulenco y se perdían a nuestras espaldas entre las lianas y parásitas que colgaban de los grandes árboles. Los grillos y las ranas no cesaban de lanzar sus señales tercas, pautadas y exasperantes. Daba la impresión de que anunciaban nuestro arribo a alguien oculto allá en el fondo de la cañada. Por fin, muy entrada la noche, porque el tránsito por esa foresta intrincada estaba marcado apenas por una trocha difícil de seguir en la oscuridad, llegamos a un lugar en donde el agua se remansaba dejando oír el ronco borboteo de su descanso en un claro del bosque. En la orilla se podía distinguir una cabaña con el techo semiderruido, invadida por una enredadera cuyas flores, de un azul intenso, cubrían la construcción produciendo un efecto, que la luz de la luna hacía aún más elocuente, de algo logrado a propósito con un gusto que bordeaba la cursilería. —Aquí nos quedamos, mi don —indicó Eulogio—. La mina está aquí atrás, al pie de la cuchilla. Mañana la veremos. Ahora hay que descansar—. Habíamos traído una lámpara Coleman, que Eulogio encendió para poder entrar en la cabaña. Tendimos en el suelo las mantas de las monturas y éstas nos sirvieron de almohada. Me envolví en una cobija que siempre me acompaña, recuerdo de la época que viví en Alaska. Eulogio salió para quitar el freno a las cabalgaduras y traer un poco de agua para preparar café. La cabaña, en medio de su ruina causada por el trabajo del monte que la invadía, conservaba aún los restos de un fogón y algunos ganchos colgados de las paredes que se inclinaban peligrosamente. Cuando Eulogio se acercó con el café, ya me había dormido. Sin despertarme del todo, bebí la infusión intensamente perfumada y densa que me produjo un bienestar inmediato. Algo dijo de comer pero yo entraba ya de lleno en el sueño deletéreo y profundo que produce el cansancio.

«Una vasta algarabía ensordecedora me despertó de repente. Creí que había dormido hasta muy tarde. Amanecía apenas y todas las aves del monte se habían lanzado al unísono en un coro desordenado y frenético. Eulogio ya estaba de pie y preparaba el desayuno con pausados gestos de oficiante. Había puesto a tostar unas tajadas de pan de maíz sobre una plancha circular de latón que, según me dijo, había descubierto debajo de las brasas de la noche anterior. Nos refrescamos el rostro en la quebrada, cuyas aguas heladas y transparentes tenían algo de virgiliano y clásico. —Bueno, vamos a visitar esa vaina —comentó Eulogio—. Llevemos la lámpara para poder internarnos tranquilos. Tenga esto en la mano por si se ha refugiado adentro algún animal —y me alargó un machete semejante al que él traía. En la otra mano llevaba la linterna apagada. Dejamos el claro y nos internamos en el monte en dirección a la barranca que se alzaba imponente hasta perderse en el cielo cargado de nubes bajas y desmelenadas. Al llegar al pie de aquélla advertimos una plataforma hecha de troncos, afirmados con grandes piedras, que servía de terraza a tres entradas algo más altas que la estatura normal de una persona. Todo tenía un tal aspecto de abandono que descorazonaba al más entusiasta visitante, ilusionado con poner en marcha esa obra muerta por la que circulaba el viento con un gemido entre

infantil y desolado. —Hay que comenzar por el socavón de la izquierda, que comunica más adentro con los
otros dos. La entrada de éstos está llena de huecos que
dificultan el paso—indicó Eulogio mientras encendía
la lámpara y maniobraba el paso del aire para lograr la
luz más intensa de la caperuza de seda calcinada.

«No sufro de claustrofobia y he vivido en la cala de
un navío durante meses, pero los espacios encerrados
me han dado siempre una impresión de catacumba, de
rito funerario, de regreso a lo desconocido que me abate
el ánimo y mina las trabajadas reservas de curiosidad y
arresto que me quedan. Lo primero que me llamó la
atención fueron las dimensiones del interior de la
extensa galería que recorríamos. —Por ahora vamos a
conocer las galerías, más tarde le voy a señalar ciertas
particularidades del terreno que le pueden dar pistas
interesantes. Esta humedad que gotea de las paredes y
del techo no debe causarle temor. Es más, el problema
es cuando de pronto desaparece y comienza a secarse el
ambiente. Aquí eso no sucede jamas—. Y así siguió
familiarizándome con el sitio con un dominio del
mismo que me iba dando cada vez más confianza para
el futuro trabajo que me proponía realizar en La Zumbadora. Por cierto que el nombre, que hasta entonces me
había intrigado, ahora, que escuchaba el quejido persistente del viento en el oscuro laberinto de los corredores
subterráneos, me parecía no solamente apropiado y
justo, sino hasta demasiado obvio y poco ingenioso. Así
se lo comenté a Eulogio, quien me dijo que toda mina
tiene esa condición de hacer que el viento, al recorrer
las galerías, produzca un sonido peculiar que los mineros saben distinguir y, a menudo, descifrar a su manera.

«Después de dar varias vueltas a derecha e izquierda,

vimos una claridad que fue creciendo a medida que avanzábamos. Era la entrada central. Ya íbamos a acercarnos a ella cuando Eulogio se detuvo y me señaló en el costado derecho un paso hacia lo que debió ser otra galería, pero que estaba tapiado con piedras amontonadas caprichosamente. —Aquí parece que enterraron a los ingleses y a los peones y mujeres que trabajaban con ellos —comentó—. Esta galería es la única que desciende muchos metros bajo tierra y fue excavada para seguir una veta que, según dicen, prometía mucho. Vaya usted a saber si es cierto. La gente ha inventado mucha carajada sobre esta historia y ya nadie sabe la verdad de lo que sucedió. En la Jefatura Militar de la zona quemaron los expedientes con los partes sobre la matanza. Los milicos, a pesar de que han pasado ya tantos años, no quieren que se hable del asunto. Se lo digo porque, si va a la capital de provincia para sacar los permisos de explotación, van a tratar de tirarle de la lengua para averiguar qué es lo que sabe. Como eran extranjeros la cosa causó mucho revuelo y se habló más de la cuenta. Usted limítese a pedir sus papeles y haga como si no supiera nada. Allá la gente es muy jodida. Ya lo verá.

«A medida que iba sabiendo más sobre esta historia de La Zumbadora, vivía los altibajos de un desánimo más que justificado y la ilusión, no siempre tan patente, de que todo se arreglaría. Lo curioso es que seguía viviendo todo aquello como algo transitorio y circunstancial, con un interés en el cual no estaban en juego los resortes interiores que suelen impulsarme en esas empresas. Ya saben ustedes, seguramente, de mi viaje en busca de los aserraderos en el Xurandó, del burdel en Panamá o de mis insensatas navegaciones por el Mediterráneo y el Caribe en tratos no siempre protegidos por la ley. En cada una de esas ocasiones me lancé de lleno, jugándome entero, viviéndola como si fuera la gran hazaña de mi vida. En esta historia de las minas, no sucedió así. Al comienzo, por lo menos. Después, mi relación con el asunto cambió radicalmente, ya les contaré cómo, porque difiere en muchos puntos de mis anteriores andanzas. No sé si estén cansados y prefieran que siga otro día».

Le contestamos que en verdad no era tan tarde y estábamos escuchándolo con creciente interés. La botella de bourbon se había agotado. Traje otra, renové el hielo y le pedimos al Gaviero que prosiguiera con su relato. En las noches de verano en California, el tiempo se estira como una substancia elástica y complaciente, muy propicia para disfrutar confidencias de alguien que traía un arsenal de relatos capaz de llevarnos de asombro en asombro hasta la madrugada.

«El despertar en la cabaña —prosiguió el Gaviero —no volvió a tener ese carácter de sorpresa. Al contrario, había en el vocerío inopinado de las aves una especie de alegre canto a las maravillas matinales del mundo que me llenaba de gozo. Llegué a sentir que se dirigían a mí en especial para animarme en la subterránea exploración del tenebroso mundo de la mina. Eulogio fue, como lo había previsto, un guía y un consejero tan indispensable y tan útil que llegué a tener la convicción de que, sin su ayuda, no habría conseguido penetrar siquiera en La Zumbadora. Los trabajos de los días que siguieron a nuestro arribo, me sirvieron para determinar, con cierta precisión sujeta a pruebas posteriores, los lugares en donde valía la pena verificar la presencia del filón que guardaba el oro. Marcamos esos lugares con piedras, pero de manera que no fuera descifrable para quien penetrara en las galerías. —Aquí ya no viene nadie —comentó Eulogio—, pero es mejor que sólo nosotros podamos distinguir las marcas. Nunca se sabe. Cada piedra debe quedar a tres metros exactos hacia el norte de donde está el lugar que nos interesa. Es un truco que aprendí con unos místeres que estuvieron aquí hace años y nunca más volvieron—. Así lo hicimos y, después de haber permanecido allí una semana, regresamos a San Miguel para comprar algunas herramientas indispensables. Era necesario sacar muestras de la roca y someterlas a pruebas químicas muy sencillas, que nosotros haríamos en el sitio mismo para no llamar la atención. Cuando, de regreso, llegamos al lugar donde terminaba la escarpada senda por la que habíamos subido, Eulogio se despidió de mí. Tenía que regresar a su finca para pagar a la peonada y marcar un ganado. Me dejó la yegua en préstamo, con recomendación de que la dejara pastando en el solar que había al fondo del café. Tenía este hermano de la Regidora una rectitud natural, una manera serena y ponderada de hacer las cosas y manifestar sus opiniones, que me parecía sorprendente en alguien que escasamente sabía leer y escribir y había pasado su vida sometido a la embrutecedora fatiga de las labores del campo. Otra cualidad suya que aprendí a valorar, era una manera positiva y concreta de juzgar todo asunto relacionado con la exploración y explotación de la mina, actitud que iba a servir para moderar mis ímpetus y desorbitadas especulaciones que se despertaron con los primeros resultados de nuestra búsqueda. A medida que iba conociendo a Eulogio aprendía a descubrir en su hermana algunas de sus cualidades, no tan evidentes en

ella a causa de su peculiar sentido del humor y de su
ironía teñida de un muy femenino deseo de poner de
relieve las debilidades de su interlocutor, sobre todo si
era hombre. He pasado, después de esa época de minero
en la cordillera, por muchos otros horizontes por entero
distintos y tratado personas de condición y raza muy
diversas, pero nunca he podido olvidar a esta pareja de
hermanos que, al tiempo que me prestaron apoyo y
amistad muy firmes, me dejaron una lección de sorprendente madurez e independencia de carácter, virtudes que no distinguen precisamente a quienes habitan
esas regiones. Ustedes saben a qué me refiero.

«En el café me esperaba Dora Estela curiosa de saber
de mi visita a La Zumbadora y lo que pensaba de su
hermano. Le conté todo en detalle y se mostró muy
satisfecha de la opinión que me despertó Eulogio. Volvió a mencionarme la dificultad que éste tenía al hablar
y cuando le dije que se trataba de alguien que pensaba
antes de hablar y no al contrario, como es costumbre en
esas tierras, se mostró muy complacida. El café, por esos
días, mostraba una actividad inusitada. Yo seguía ocu-
pando desde temprano mi mesa de siempre, ya que el
quedarme en mi habitación para nada evitaba el escándalo que llegaba hasta aquélla con la misma intensidad
que a la mesa. Había nuevas meseras venidas de alguna
provincia lejana, como lo mostraban su piel color
tabaco oscuro y la amplitud de las caderas en donde se
anunciaba la sangre negra de la gente costeña. Hablaban en voz alta, comiéndose las letras, sobre todo la ese
y la erre. Su tono desenfadado y su afán de conversar
con todo el mundo en voz alta, en medio de risas y
exclamaciones, a menudo gratuitas, que se escuchaban
como explosiones sorpresivas de una alegría más apren-

dida que natural, cambiaron por completo el ambiente del lugar. Los discos no volvieron a escucharse. Las recién llegadas se encargaban de cantar todo el tiempo cuando se dirigían a las mesas para atender a los clientes. El nuevo ambiente fue recibido por Dora Estela con muestras de desagrado en donde se mezclaban cierto temor a la competencia y el carácter reservado y contenido de las gentes de la cordillera. Esta extrañeza, que a menudo se convierte en franco rechazo, la he notado en muchos otros lugares del mundo. En Asia, por ejemplo, es tan notorio que debe tenerse mucho cuidado al tratar con las personas procurando saber de antemano cuál es su procedencia.

«La Regidora me indicó la tienda en la que podía comprar las herramientas necesarias para tomar las pruebas de la roca y la farmacia en donde podrían venderme o solicitar a la capital las substancias para hacer los exámenes de aquéllas. Cuando tuve todo listo envié un recado a Eulogio confirmando mi llegada a la mina el día convenido. Esta vez el camino me pareció más corto y menos escarpado. Al llegar al claro del bosque, tuve una sensación de alivio y de nuevo la impresión de penetrar en un ámbito con reminiscencias clásicas. Esa noche, al pensar en ello, me di cuenta de que el lugar me recordaba esos apacibles remansos a la orilla de los cuales Don Quijote dialogaba con Sancho evocando las doradas edades de un pasado legendario. Poco después de mi arribo apareció Eulogio. Traía una mula cargada de bastimento suficiente para una prolongada estadía en la mina. Cuando le hablé de pagar estas provisiones me repuso: —Todo esto lo tengo apuntado. Cuando convengamos mi salario sumamos todo y hacemos una sola cuenta. Así es mejor—. De nuevo me atrajo el buen juicio de mi guía y la forma ecuánime y ponderada de valorar su trabajo y los servicios que empezaba a deberle. Como ya la tarde comenzaba a oscurecer, dejamos para el día siguiente nuestra exploración y nos tendimos en el pasto para comer la cecina con trozos de yuca frita y tajadas de plátano asado que había traído Eulogio del rancho. Los había preparado su mujer, según me dijo. Así me enteré de que estaba casado. Le pregunté por su familia y me contó que tenía dos hijos pequeños, uno de diez años y otro de cinco. Había conocido a su esposa durante el servicio militar, que prestó en una provincia del sur del país. Ella era muy joven y me comentó que conservaba una timidez incurable debido al acento con el que hablaba y que producía la hilaridad de la gente de San Miguel. Las pausas de Eulogio al responder se iban disminuyendo a medida que mejor nos conocíamos; al punto que nuestros diálogos cobraron una fluidez casi natural. En contraste con su hermana, Eulogio carecía por completo de esa tendencia al humor y a la ironía que hacían de Dora Estela una interlocutora con la que toda cautela era poca. La seriedad de Eulogio no impedía, sin embargo, que sus juicios sobre las personas tuvieran a menudo una causticidad oportuna.

«Entrada ya la noche, el murmullo de la quebrada y el silencio imponente del monte, me trajeron la imagen cervantina de la que hablé antes. Curiosa impresión al pie de una mina que parecía esconder más de una tragedia y no pocos misterios que le prestaban un halo de sombría desolación.

«Las muestras que conseguimos al día siguiente, al ser examinadas a la luz del día, poco indicaban que se tratara de una veta rica en mineral. No valía la pena, según mi compañero y también de acuerdo con mis manuales, el someterlas a prueba alguna. Desde mi visita anterior traía una idea fija que me trabajaba con creciente insistencia. Se trataba de derrumbar el muro de piedra que obstruía la galería en donde al parecer descansaban los restos de los trabajadores fusilados y buscar allí las afloraciones que pudiera haber. Eulogio, cuando le comuniqué mi propósito, para mi sorpresa no se opuso en principio a la idea. Los argumentos que esgrimió eran más bien de orden práctico. La remoción del muro no era tan fácil de lograr entre dos personas. Le propuse que lo intentáramos y así lo hicimos. Como me lo esperaba, el trabajo no fue tan arduo. En dos días estaba libre la entrada y nos internamos por el socavón con ayuda de la Coleman. Durante muchas horas nos dedicamos a examinar los corredores que se iban ramificando con mayor profusión que en las otras galerías. Encontramos muchos restos de maquinaria abandonada, corroída por el óxido y casi imposible de identificar. No había rastro alguno de restos humanos. Al día siguiente volvimos a explorar el sitio y en ningún momento hallamos la menor huella de que se hubiera removido la tierra, ni tampoco indicio de que hubiera ocurrido una explosión. Por el contrario, el lugar se veía mejor conservado, las paredes con refuerzos más firmes y el suelo cuidadosamente apisonado y con escalones muy bien terminados, en los casos en los que era necesario descender a mayor profundidad del nivel de la galería. Cuando ya estábamos a punto de salir, Eulogio descubrió ciertas señales que recordaban las que habíamos dejado en las otras galerías. Nos detuvimos a examinarlas y comprobamos que, en efecto, indicaban lugares que ocultaban algo de interés. Siguiendo un sistema de eliminación de posibilidades, sencillo de establecer gracias al espacio reducido en donde se encontraban las señales, era fácil descubrir lo que querían indicar. Al día siguiente nos dedicamos a ese trabajo en el que el hermano de la Regidora mostró de nuevo su habilidad para moverse en ese mundo abstracto y complejo, tan semejante al que dominan los jugadores de ajedrez y que no deja siempre de causarme admiración, tal vez por mi absoluta falta de dotes en ese sentido. No tardamos mucho en ubicar los sitios en donde, tras escarbar muy superficialmente, encontramos los afloramientos del supuesto filón. Tenían el mismo aspecto de los que hallamos en las otras galerías. Sin embargo, sacamos muestras y salimos a examinarlas. Se trataba de roca calcárea sin ninguna huella de los elementos que anuncian la presencia del mineral.

—Aquí hay algo muy raro, mi don —me comentó Eulogio desconcertado—, porque lo de los fusilados por la Rural no es un cuento. Nadie inventa una cosa así. Además, un primo mío y su esposa, también parienta nuestra, murieron en esa masacre dejando tres muchachitos que viven con mis padres. Y yo creo que esa gente está enterrada aquí y que esa galería la tapiaron para despistar. Siempre oí decir que en el sitio donde enterraron a la gente está la veta con mineral. Esas cosas suelen inventarse mucho en esto de las minas, pero siempre he escuchado esa vaina y nunca he visto que alguien la niegue o la ponga en duda. Todo lo que hemos encontrado no vale nada. Es lo mismo que han escarbado los gringos y las otras personas con las que he venido. O buscamos los muerticos o vamos a tener que irnos, como los demás, con las manos vacías. Ya lo verá—. No supe qué contestar a esta argumentación de mi guía. Pero, tras de su lógica imbatible, se ocultaba una conclusión que me produjo un malestar y un desánimo fáciles de comprender: yo no había venido a La Zumbadora para buscar muertos sino para encontrar oro. Detrás de este asunto acechaban complicaciones que ya había conocido en el viaje por el Xurandó y no tenía el menor interés en pasar de nuevo por algo semejante. Usted lo sabe muy bien, —dijo Maqroll dirigiéndose a mí—. Los militares y yo no nos entendemos muy bien, no hablamos el mismo idioma y, como es costumbre, el que arriesga la piel siempre soy yo. Los civiles somos para ellos lo que los ingenieros llaman una cantidad desdeñable.

«No nos vamos a quedar aquí con los brazos cruzados. A ver qué se le ocurre —conminé a Eulogio, más para sacarlo de la inercia en la que lo habían dejado nuestros fracasos, que para conseguir de él una solución inmediata. Eulogio cayó en uno de sus mutismos de punto muerto y siguió machacando la roca como tratando de sacar de ella la respuesta que necesitábamos. Pasado un buen rato alzó la cabeza y mirando al fondo del remanso transparente comenzó a hablar. —Hay que quedarse aquí. Lo que hemos hecho, los otros ya lo hicieron, tenemos que encontrar la manera de ver si el filón existe o no. Olvide los difuntos. Esa es otra historia. No estamos seguros de que ellos y el filón estén juntos. Es muy probable que esa pendejada la haya inventado la gente. No sé cómo explicárselo, pero algo me dice que debemos seguir, que esperemos. Usted no se parece en nada a los otros con los que he venido. Usted como que viene de más lejos y de ver cosas más complicadas. No sé, es otra cosa. Hay algo que, bueno, no sé—. Volvió a perderse en el silencio que le servía de refugio y no habló más ese día.

«En las palabras de mi compañero había una convicción que no podía expresar cabalmente. Esta convicción tenía que ver conmigo, algo veía en mí que le proporcionaba una certeza vaga, casi una premonición que lo llevaba a insistir en que continuáramos nuestra búsqueda. Resolví hacerle caso y esperar lo que fuese. Los días siguientes nos dedicamos a reforzar algunas paredes de las galerías, a ensanchar algunos corredores que las comunicaban entre sí y a tratar de rellenar los huecos que en la salida central y en la de la izquierda impedían el paso por haberse llenado de agua. Algunos tenían hasta más de un metro de profundidad y nos estaba tomando mucho tiempo el traer tierra para hacer transitables esos pasos. Creo ahora oportuno aclarar que nunca he sido inclinado a fascinarme con lo sobrenatural ni con misterios o esoterismos al uso. Pienso que con lo que llevamos adentro, al parecer familiar y conocido, hay ya suficientes problemas y vastos espacios indescifrables, como para inventar otros. Dios, hasta ahora, por lo menos conmigo, escoge los caminos más fáciles y claros para manifestar su presencia. Que a veces no los sepamos ver, eso es otra cosa. No suelo pensar mucho en ello ni ha sido negocio que me preocupe mayormente. La vida que se nos viene encima cada día suele coparme la atención y no me deja tiempo a mayores especulaciones. Lo que sucedió en La Zumbadora pertenece al mundo de la más estricta lógica. Lo que podría ser inquietante es que Eulogio lo haya previsto en medio de sus asombros y premoniciones.

«La temporada de las lluvias llegó de improviso y el que fuera un idílico remanso de égloga de Garcilaso, se convirtió, en unas horas, en un torrente de barro que arrastraba árboles destrozados, animales con la boca brutalmente abierta que habían perdido casi toda su piel contra las piedras, trozos de construcciones y hasta jaulas con loros que gritaban despavoridos. Nos refugiamos en la mina y allí llevamos nuestras pertenencias y las tres bestias que estaban con nosotros. Con tablones de la cabaña construimos un techo que nos protegía de la humedad y allí esperamos a que pasara el temporal. —Vienen cuatro o cinco aguaceros como éste —precisó Eulogio—. Después llueve apenas un rato por las tardes y todo vuelve a la normalidad—. La primera noche no me fue fácil conciliar el sueño, pero las siguientes me demostraron que no sólo era fácil dormir en la mina sino que su absoluta oscuridad producía un sueño reparador. Apagábamos la lámpara muy temprano para ahorrar gasolina y por esto prescindí de leer por las noches. En una ocasión, cuando alargaba el brazo para apagar la Coleman, sentí que todo se movía a mi alrededor. Pensé, primero, que nuestra precaria armazón de madera había cedido, pero un sordo mugido bajo tierra y un nuevo remezón me indicaron que se trataba de otra cosa. —Está temblando —comentó Eulogio con voz serena—, no se mueva. No pasa nada. Esta vaina no se cae, no se preocupe. Esto es frecuente. Ahora pasa—. Dos veces más volvió a mecerse la tierra con más fuerza que antes. Eulogio tenía razón. Ni los tablones que nos servían de techo, ni la bóveda misma de la galería, se habían resentido con el movimiento. Un instante después escuchamos un ruido que nos intrigó sobremanera y que, al pronto, atribuímos a un derrumbe en la cañada. Era como si un pie gigantesco se hubiera hundido de repente en un pozo de barro denso o de arcilla húmeda y resbaladiza. Apagamos la lámpara y nos dormimos, si no tranquilos, sí al menos seguros de que nuestra galería había resistido el sismo sin daño alguno y eso ya era mucho. A la mañana siguiente, Eulogio me despertó sacudiéndome suavemente de un hombro. Estaba ya vestido y traía la lámpara en la mano. —Venga le muestro algo que va a interesarle —me dijo con voz calmada pero en la que asomaba un acento de extrañeza. Me vestí rápidamente y lo seguí mientras avanzaba hacia la galería central en la que habíamos estado trabajando para tapar los charcos que impedían el paso. Cuando llegamos allí alargó la lámpara hacia adelante mientras me detenía con el otro brazo. El piso se había desplomado, dejando al descubierto una serie de escalones que conducían a un socavón que exhalaba un aire espeso, un olor a barro fresco, a algo que recordaba la ropa sucia o el sudor de los caballos a punto de reventar tras una carrera. Descendimos por los escalones y nos encontramos en un espacio circular, forma por entero ajena a como suelen excavarse las minas. Era un espacio ceremonial, una catacumba insólita sin razón práctica alguna. Eulogio acercó la luz a la paredes y fueron apareciendo esqueletos humanos en posiciones improbables. De los huesos colgaban harapos de color ocre imposibles de identificar. Las mujeres eran fáciles de distinguir por los trozos de falda que pendían de las piernas. Algunos esqueletos de niños descansaban al pie de las mujeres. Fuimos recorriendo la pared y en toda su extensión había restos humanos. Algunos de los cráneos tenían cascos coloniales; era presumible que se tratara de los ingenieros británicos que explotaban la mina. Allá, arriba, el gemido del viento parecía continuar el alarido congelado de los cráneos cuyos maxilares colgaban en una mueca grotesca y desgarrada. Muchos han sido mis encuentros con la muerte y ésta no guarda para mí misterio alguno. Es el final de la historia y nada más. Nunca he sido afecto a especular sobre el tema, ni creo que haya mucho qué decir. Pero la disposición escenográfica de esta gente, de las más diversas edades y condiciones, tenía un no sé qué de burla siniestra, de vejamen gratuito y sádico que me produjo una mezcla de ira y de piedad. Salimos de allí sin hacer comentario alguno y nos fuimos a refugiar en la cabaña, al pie del remanso que había recobrado su forma original aunque sus aguas seguían teniendo un color ferruginoso y opaco. Allí nos quedamos durante largo rato sin decir palabra. En la boca de Eulogio se insinuaba un rictus nervioso que parecía una sonrisa y en verdad expresaba algo bien diferente. Tampoco yo debía tener una cara muy natural, porque Eulogio me miraba a veces con un dejo de sorpresa e intriga. —Qué bestias, pero qué bestias —comenzó a decir mi guía, tras un largo silencio—. Esa gente no debía nada, carajo. ¡Qué hijos de puta!—. Me acerqué y le puse la mano en el hombro, sin conseguir pronunciar palabra. Para mis adentros me dije con rabia sorda que no sabía contra quien desfogar: "Ya puedes ir a a buscar el oro. Allí debe estar guardado por los esqueletos de esos inocentes. ¿No entiendes acaso la lección?" Mirando el remanso y con lágrimas que le escurrían por las mejillas, Eulogio siguió hablando: —Allá debe estar mister Jack, viejo simpático, con sus bigotes blancos y su nariz roja por el trago. Desde por la mañana, cada sábado, se ponía una juma que duraba dos días. Bebía sin parar de una botella que siempre llevaba en la mano. En la tarde se bañaba aquí en pelota e invitaba a las mujeres para que lo acompañaran. Tenía hijos regados por todas partes. Y mister Lindse, el capataz jamaiquino, negro retinto y con todos los dientes de oro. Con él asustaban a los niños cuando se portaban mal. Bronco y estricto pero siempre preocupado por el bienestar de su gente. Y todos los demás. ¡Dios mío!, ¿cómo pudieron matarlos así? Aquí ya no se puede vivir. Aquí nos va a acabar a todos porque nadie se mueve, nadie hace nada. Todos están locos, ellos y nosotros—. Siguió largo rato en una lamentación indescifrable hecha de exclamaciones y recuerdos de quienes fueron sus amigos y parientes y ahora yacían en el círculo atónito de su absurda sepultura.

«En la tarde volvió la lluvia, insistente y sin pausa. Una lluvia ligera y tibia que apenas caía al suelo pero creaba una atmósfera de cuarto de calderas que castigaba los nervios y apagaba el ánimo. Nos refugiamos en la galería y calentamos un poco de café. Eulogio, ya sereno, pero inmerso en una tristeza lastimada y vencida, empezó a hacer un examen de nuestra situación. Era obvio que había que salir de allí lo más pronto posible. Intentar algo en la veta que pudiera haber en la cámara circular era impensable. A nadie debíamos mencionar el hallazgo de los fusilados. Que los descubrieran otros algún día o que volvieran a quedar sepultados con la acción del agua que comenzaba a entrar por las escaleras y las iba destruyendo. Estaban hechas de tierra apisonada y retenida con tablas. Si nos preguntaban en San Miguel por qué regresábamos tan pronto, la respuesta era que allí no había nada e íbamos a intentar en otra parte. Era necesario llevarse todo y no dejar huella alguna, ningún objeto, ninguna señal de nuestra presencia. Si nos preguntaban por el temblor, había que contestar que apenas lo habíamos sentido. Estábamos dormidos en la cabaña y el ruido del agua no dejó que escucháramos nada. Se extendió luego en una serie de especulaciones sobre la conducta de la tropa en estos casos y no pude menos de estar en pleno acuerdo con él. Así pues, al día siguiente recogimos nuestras cosas y regresamos a San Miguel. En el camino Eulogio me informó sobre otros lugares de los alrededores en donde habían excavado en busca de oro, algunos de los cuales tenían al parecer buenas posibilidades de que se hallase algo. Mencionaba parajes y sitios a la orilla de la quebrada que, como era obvio, nada me decían, pero me indicaban que valía la pena intentarlo antes de decidirse a abandonar la región. Eulogio me daba confianza y no era persona que quisiera crear vanas ilusiones para consolarme del brusco final de mis intentos con La Zumbadora de fúnebre recuerdo. Volví a instalarme en la habitación encima del café y a ocupar en éste la mesa de costumbre. Dora Estela me interrogó sobre nuestras exploraciones y le contesté con las razones ya convenidas con su hermano. Algo me decía que éste le había contado todo, pero preferí no ahondar en el tema. El propietario del establecimiento se acercó también para preguntarme si necesitaba el dinero que había guardado en una caja fuerte empotrada debajo del mostrador. Le respondí que con lo poco que llevaba conmigo podía pasar algunos días, antes de partir con Eulogio en busca de una nueva mina. El asunto comenzaba a tomar un cariz tan familiar para mí y se ajustaba tan fielmente al trazo de mis tribulaciones y errancias, que me sentí en mi elemento y esto me trajo una inmediata tranquilidad hecha de indulgente resignación. Del dinero que había traído gasté sólo una pequeña parte. Podía intentar una o dos exploraciones más antes de tener que recurrir a expedientes extraordinarios. Dora Estela me presentó a una amiga que convino en compartir conmigo algunas noches, a cambio de escribirle en inglés las cartas para un enamorado que conoció en la capital. Era un ingeniero sueco que había venido a instalar unos molinos de harina. En las cartas que ella recibía le hablaba de matrimonio, con el candor inefable que sólo los escandinavos suelen conservar, en medio de sus astucias luteranas de comerciantes inclementes. Era una mujer rubia, bajita y gordezuela, con una piel blanca y tersa y un ánimo sonriente que hacía disculpar la limitación de su inteligencia que, a menudo, solía llegar a la simpleza. En la cama esta falta la suplía con una entrega que daba siempre la impresión de que la experimentaba por primera vez. Se llamaba Margot, nombre que no le iba para nada y tal vez por esa razón se había transformado en Mago, que tampoco le iba.

«En el café había hecho algunos amigos, sobre todo entre los choferes de las chivas. Tomasito, que me había traído a San Miguel y con quien mantenía una relación muy cordial, me los fue presentando a medida que aparecían por allí. Cada camión tenía un nombre y en él se retrataba la personalidad de su conductor. No era el caso de Tomasito, cuyo camión se llamaba Maciste. Cuando le pregunté por qué le había puesto ese nombre, me contestó que su padre solía decir de alguien muy fortachón que tenía más fuerza que Maciste. Ignoraba que se tratara de un famoso héroe del cine mudo en una película sobre la Roma de Nerón. Cuando se lo hice saber, la noticia no le cayó en gracia. Prefería la vaga imagen que le recordaba a su padre. No recuerdo si les dije que las famosas chivas traían, en la parte de adelante, detrás del chofer, tres o cuatro líneas de bancas, consistentes en simples tablas de madera, sin respaldo. Atrás quedaba un lugar amplio para la carga. Eran vehículos de una resistencia a toda prueba, que los choferes sometían a modificaciones dictadas por su espontánea inspiración mecánica y que hubieran sorprendido no poco a los ingenieros y diseñadores de Detroit. Lo cierto es que estos camiones subían y bajaban durante largos años la serpenteante ruta de la cordillera sin dar mayores muestras de cansancio. Conversar con sus conductores, sufridos y recios personajes de espíritu trashumante, era para mí una absoluta delicia. Cada viaje que hacían reservaba una sorpresa, una anécdota, un accidente que ponía a prueba su inventiva y su paciencia. Con amores en cada una de las fondas de la carretera, desde las tierras bajas de clima ardiente y vegetación desorbitada, hasta las cumbres de la sierra, recorridas por nieblas desbocadas y vientos helados, con una vegetación enana y atormentados árboles de flores vistosas e inquietantes. Iban dejando el recuerdo de su paso en forma de pasiones desaforadas, tragedias de celos devastadores e hijos con nombres de improbables cantantes de tango. Todavía puedo recordar algunos nombres de estos inolvidables compañeros de largas jornadas de alcohol y remembranzas y los de sus chivas heroicas: Demetrio, el dueño de "Que lloren otros"; Marcos, el de "Ahí lo dejo para que lo críes"; Saturio, de "El huracán andino"; Esteban, el de "La Garbo me recuerda" y tantos otros, siempre queriendo anunciar en sus vehículos un rasgo oculto o harto popular de su carácter. Cuando conversaba con ellos de mis planes de minero, intentaban disuadirme con argumentos que yo mismo solía darme en secreto: ésas eran tareas para gringos que tienen alma de topos; el oro, al final, sólo servía para alimentar al gobierno, vestir putas y enriquecer a los cantineros. —El que se queda en un sitio, echa raíces como los plátanos y muere sin saber cómo es la vida —me decía Saturio, un zambo inmenso, zumbón y pendenciero, que había matado a un marido celoso que lo esperó un día a la salida de una fonda, en pleno páramo. Saturio lo levantó en los brazos y lo tiró al precipicio. Nunca lo encontraron porque el río bajaba crecido. Cuando les narraba mi vida de marino, me miraban intrigados y me interrumpían para indicar una semejanza, una coincidencia o algo que les recordaba su vida de camioneros errantes sin puerto conocido. Dora Estela no era muy partidaria de mis amistades con quienes ella consideraba como gente en la que no debía confiarse, no por bribones sino porque no paraban en parte alguna y no dejaban cosa buena Siempre ese afán de respetabilidad y permanencia, conservado por esas mujeres a través de las más arduas pruebas de una vida al parecer sin rumbo.

«Un día apareció Eulogio con una noticia alentadora y datos fidedignos de una mina abandonada, por cierto no lejos de donde su familia tenía un pequeño cafetal a la orilla de la quebrada. Varias veces había venido a verme, cuando bajaba con ganado o con el producto de sus siembras. Mencionaba, en cada ocasión, lo que iba averiguando por ahí sobre minas y lugares propicios, pero nada le parecía suficientemente seguro como para arriesgar trabajo y dinero. Esta vez las cosas se presentaban más firmes y prometían algo más concreto. Me invitó a visitar el terreno para ver allí lo que podía hacerse. Yo había principiado a sentir la comezón por lanzarme de nuevo al mundo de las minas. La vida en San Miguel estaba tomando cierto ritmo rutinario que comenzaba a fastidiarme, a pesar de mis amigos los choferes, quienes, por lo demás, solían ausentarse por largas temporadas. Margot había recibido días antes una carta de su prometido sueco y, con ella, el pasaje de avión para viajar a Estocolmo. Lo sorprendente fue que la mujer no manifestó mayor entusiasmo con la noticia y más pareció mirar con serias reservas este cambio radical en su vida. Una mañana se la llevó Tomasito a la capital de provincia para tomar un avión que la dejaba en Miami y de allí seguir hacia la capital sueca. Lloraba sin parar, mientras una sonrisa inocente flotaba en sus labios como tratando de pedir disculpas por sus lágrimas. Sabía que no iba a lamentar su ausencia, aunque esa espontánea eclosión de repetidos éxtasis en el lecho, inaugurados cada noche, tenían algo de memorable. Me había, pues, quedado solo y pasaba horas inmerso en las complicadas y apasionantes banderías de los realistas bretones y en sus feroces encuentros contra los azules. La densa materia histórica del exhaustivo libro de Gabory me mantenía a dos siglos de distancia del escándalo de vasos, voces, imprecaciones y risas que reinaba en el café. De vez en cuando, Dora Estela se sentaba a mi lado sin hacer comentario alguno y me daba cordiales apretones en un brazo mientras me decía: —Carajo, qué paciencia tiene para leer en esa letra tan chiquita. Se va a quedar ciego. Se lo digo. Ya vengo— y partía para atender a un cliente o rendir cuentas al dueño que, detrás del mostrador, vigilaba la espesa marea humana del lugar en donde era inapelable autoridad.

«Días después tornamos a partir Eulogio y yo, en las

mismas monturas y con idénticos utensilios y bastimentos que habíamos llevado a La Zumbadora. En la primera parte del trayecto, Eulogio apenas abrió la boca. Era la misma subida de los viajes anteriores. Pero al llegar a la parte alta, tomamos un camino que seguía el perfil de una cuchilla que bajaba muy lentamente hacia la quebrada y parecía terminar mucho más adelante del eglógico remanso de triste recuerdo. Mientras avanzábamos por el sendero empedrado, con escalones que, de trecho en trecho, iban marcando el descenso, Eulogio comenzó a entrar en detalles sobre el lugar a donde íbamos: —Este —comentó— era camino real, dicen que va hasta el mar. Yo no creo. Pero lo cierto es que por él se puede andar durante días y semanas. Sube y baja y su trazo es tan perfecto que se conserva como lo ve ahora. Vamos a seguirlo hasta mañana al mediodía, cuando llegaremos a un desvío que desciende hasta el río; porque allá ya no es quebrada y para atravesarlo hay que cruzar el puente de las Mirlas. Lo llaman así porque hay muchos nidos de mirlas bajo el techo de zinc que lo cubre. No se apure, no vamos a dormir en descampado, lo haremos en casa de unos parientes que tienen sembrada papa y cebada en las tierras llanas a donde va a morir esta cuchilla. Al día siguiente, luego de andar casi medio día, llegaremos directamente a la entrada de la mina. No tiene nombre. La abrieron los dueños de estas tierras hace como cincuenta años. Al morir los mayores, sus herederos se repartieron todo esto y muchos vendieron a gente de aquí. Vivían en la capital y no les interesaba visitar estas lejanías. Sus hijos, después, acabaron de salir de lo poco que quedaba y ahora no hay por aquí sino pequeñas fincas como la nuestra o en la que vamos a pasar la noche, que sobreviven como pueden porque apenas alcanza para medio comer y comprar semilla. La mina quedó en tierras que le tocaron a una hija de los primeros dueños. Dicen que era una mujer muy bella que nunca se casó y vivía fuera del país. Cuentan que le gustaban las mujeres. Dicen, también, que vino por aquí con un matrimonio joven; el marido era ingeniero y comenzó a hacer algunos estudios dentro de la única galería que se había excavado. Un día amaneció muerto a la orilla del río. Dijeron que se había desbarrancado con el caballo en el paso que atraviesa el desfiladero en donde está la mina. Lo cierto es que no apareció ningún caballo y al tipo lo enterraron en San Miguel unos señores que llegaron de la capital. Las mujeres ya se habían ido y nunca más se supo de la dueña. Esas son historias que cuenta mi padre, que las oyó del suyo que fue testigo de todo. El encontró el cadáver desnucado y medio comido por los gallinazos—. Lo interrumpí para preguntarle si toda mina, en estas tierras, lleva obligatoriamente una historia siniestra. No pude menos de sorprenderme cuando me respondió con la mayor naturalidad: —Sí señor, toda mina tiene sus difuntos. Así es. Un indio que vivía por aquí y que adivinaba la suerte, decía no hay oro sin difunto, ni mujer sin secreto. Pero volviendo a nuestro asunto, le cuento que nadie ha vuelto a intentar explorar esa mina. La verdad es que no es fácil llegar a ella, porque está abierta en la pared de un precipicio que cae al río y para llegar allí sólo existe un sendero estrecho por el que apenas puede pasar una bestia. Hay que llevar los animales de cabestro y con mucho cuidado. Por la abertura entra el aire con un ruido que nunca se acalla. Mi padre dice que la veta que encontraron es buena, pero a nadie le ha interesado trabajarla por que se necesita dinero y ya le dije que aquí todos vivimos más pobres que el diablo—. Le pregunté de quién era la tierra donde estaba la mina y me respondió que no tenía dueño, que esas tierras eran al parecer del gobierno porque por ahí iban a trazar, en un tiempo, una vía férrea.

«Seguimos el camino real, cuyo piso de lajas sabiamente dispuestas y huellas seculares de herraduras le daban un aspecto numantino y venerable. La piedra ampliaba con sonoridad igualmente augusta los pasos de nuestras cabalgaduras. El paisaje era de una belleza inconcebible. A lado y lado de la cuchilla se extendían pequeñas llanuras que terminaban en bosques al parecer impenetrables o en precipicios por los que subía el clamoreo de aguas despeñándose por el declive de un lecho rocoso vigilado por el solemne vuelo de los gavilanes. Los sembrados que cuadriculaban la superficie levemente ondulada del estrecho llano, tenían algo de austera parquedad, de labor sacrificada y bienhechora que subrayaban sobriamente las construcciones de techo de zinc y alegres corredores adornados con geranios de las casas con su corral para los animales y el humo azuloso que subía de las cocinas. "Tierra buena —pensé—, donde las trágicas leyendas de la minería no parecen tener cabida ni armonizar con el idílico orden de esos campos". Como si adivinase mi pensamiento, Eulogio comentó: —Por aquí ha pasado mucha gente armada de todos los bandos. Matan, arrasan con todo y se van. Uno sigue aquí, no sé muy bien por qué. Aquí nacimos y aquí nos van a enterrar. Pero, a veces, piensa uno que esta tierra tan buena despierta la rabia de quienes no la quieren para nada ni para nada les sirve, pero desean que no exista. Mala gente, siempre. Mala gente con la que no se pude hablar nunca. Disparan, queman y se van. Unos y otros. Todos son lo mismo. Ahora la cosa está tranquila. A ver cuánto dura—. Caía la tarde creando esa atmósfera traslúcida que parece invocar un efímero instante de la eternidad en medio de la recién nacida presencia de cada objeto. Comenzaba a anochecer cuando llegamos a la casa donde íbamos a pasar la noche. Los dueños habían bajado a la cañada para recoger el café que estaba ya maduro. Nos recibió una mujer de edad que conocía a Eulogio desde niño y le hacía continuas bromas por su dificultad para expresarse. El las aceptaba de buen talante y se reía con ella aludiendo, a su vez, a un supuesto amante que todavía preguntaba por ella en San Miguel. Doña Claudia nos preparó una cena copiosa, nada fácil de digerir. Sopa de cebada con espinazo de cerdo, un plato de papas con crema, arroz con maíz tierno desgranado y un gran trozo de carne seca adobada con pimiento. Un tazón de café nos esperaba en el corredor de la casa, desde donde se veía avanzar la noche con la premura de un deber cumplido desde siempre por poderes que no nos tienen en cuenta. Mientras saboreábamos la infusión hirviente que despedía un aroma que me recordó de inmediato los abigarrados cafés de Alejandría, Doña Claudia, de pie, comenzó a interrogar a Eulogio. Primero le preguntó por su mujer y sus hijos, luego por sus tierras y por el ganado que estaba criando en los llanos al pie del páramo grande. A todo respondió Eulogio con pedregosos monosílabos que me sorprendieron. Conmigo tenía más fluidez y casi no tropezaba al contestar. Era evidente que al hablar con alguien que lo conocía desde niño, renacían las dificultades de locución que marcaron su infancia. —Y ahora, ¿a dónde van? —preguntó la mujer mientras nos miraba con viva curiosidad. —A la mina que está en el rodadero. Vamos a ver si hay algo—. Doña Claudia movió la cabeza con gesto de amable reproche y comentó: —Bueno, Eulogio, tú no tienes remedio. Yo no sé quién te pegó la locura ésa de las minas. Ahí nunca hay nada, sólo desgracias y ruina dejan las malditas minas. ¿Ya le contaste al señor lo que dicen de ese lugar?—. Eulogio no consiguió enunciar palabra y me apresuré a responder—. Sí, señora, ya me contó todo. Lo de la dueña bonita a la que le gustaban las mujeres y la muerte del ingeniero. ¿ A eso se refiere usted?—. La señora hizo un gesto de asentimiento. —Mi vida ha estado llena de esos trances, señora. Nada de eso me preocupa —añadí—. Soy marino de profesión y puedo asegurarle que también cada barco tiene su historia. Lo importante es saber si encontramos la veta y si ésta tiene oro—. Doña Claudia siguió moviendo la cabeza para indicar que no teníamos remedio y nos preguntó si queríamos más café. Le contestamos que no y salió deseándonos las buenas noches. Nos quedamos todavía un buen rato hasta que el cansancio del camino nos condujo a las hamacas que nos esperaban en una habitación de altos techos de madera de cedro que despedía un vago aroma entre oriental y catedralicio. Recordé el Mexhuar de la Alhambra y la tumba de los Reyes Don Fernando y Don Alfonso en la catedral de Sevilla. Por uno de esos caprichos de la memoria cuyo secreto es mejor no interrogar, soñé toda la noche con Abdul Bashur, mi compañero entrañable de tanta empresa descabellada, calcinado entre los restos de un Avro que explotó al aterrizar en la pista de Funchal. "Ya son más los amigos que me esperan al otro lado que los que me quedan aquí", pensé mientras intentaba conciliar de nuevo el sueño en medio de un coro de imágenes y evocaciones que cruzaban por mi mente en desfile vertiginoso.

«Al día siguiente salimos con las primeras luces del amanecer. Doña Claudia nos despidió con un desayuno substancioso y repetidas recomendaciones de transitar con prudencia la trocha que lleva a la mina a través del desfiladero. Seguimos el camino real por un buen rato y cuando éste comenzaba a descender abruptamente hacia la llanura que se divisaba a lo lejos, tomamos un desvío que, en poco tiempo, nos llevó al borde de una pared vertical que caía a pico hasta las orillas del cauce torrentoso cuyas aguas mugían en un estertor de bestia acorralada. A mitad del precipicio comenzaba un sendero labrado en la roca, tan estrecho que producía una sensación de vértigo bastante alarmante. Descendimos de las bestias y emprendimos la marcha paso a paso. Las alforjas cargadas de herramientas y víveres rozaban la pared de roca y a cada paso de las cabalgaduras rodaban cantos por el abismo con un estrépito amenazador. Devolvernos era impensable, sólo nos quedaba avanzar, cada vez más lentamente y con mayor cautela. Después de una buena hora de este recorrido que desgastaba el ánimo y producía una fatiga inaudita, llegamos a una pequeña plataforma que entraba en la roca y conducía a un recinto circular al fondo del cual caía de lo alto el agua de un arroyo. El ruido de la cascada rompía un ambiente de extraño recogimiento ceremonial. El ámbito con piso de arena fina y blanca, tenía espacio bastante para los caballos y para varias personas. El agua caía sin salpicar en las rocas, en un chorro que, con la luz cenital que entraba en ese momento, tomaba un aspecto metálico inusitado. Sobre la pared izquierda del recinto se abría la boca de la mina, medio cubierta por helechos de un verde pálido que resaltaba en la penumbra del lugar. No los movía brisa alguna y a veces podía pensarse que estaban dibujados en un inquietante telón de teatro. Extendimos las mantas de las monturas en la arena y nos acostamos a descansar. Yo traía las piernas rígidas, recorridas por dolorosos calambres debido a la tensión que, a cada paso del trayecto, nos había producido el bordear por el precipicio y cuidar de los animales. Nos quedamos largo rato en silencio. Me pregunté por qué diablos había sorteado semejante riesgo, para terminar en esta gruta que producía una sobrecogedora sensación de ritos anónimos, de ocultos sacrificios propiciatorios. Observé la entrada de la mina y la impresión de absurdo, de intolerable insensatez, iba creciendo hasta despojarme de la menor ilusión, del menor interés en penetrar en ese mundo que nada podría depararme a no ser la confirmación de mis viejas premoniciones, de mis más antiguos temores, reprimidos siempre por mi vocación de errancia y mi voluntad persistente de no acampar por mucho tiempo en parte alguna. El agua de la cascada corría mansamente por en medio del piso de arena blanca y salía para descender al abismo ciñéndose a las paredes de éste sin producir otro sonido que el manso fluir que contribuía a crear la atmósfera de otro mundo reinante en el sitio. Dormimos hasta la madrugada siguiente y fue curioso advertir que, a pesar de la cascada y del agua que corría a nuestros pies, el ambiente no tenía una humedad excepcional. Quizá las altas paredes de roca guardaban el calor diurno, que era considerable. Antes del amanecer nos despertó el coro estridente de una bandada de loros que anidaban en el borde superior de la gruta».

Maqroll se quedó un instante en silencio y luego nos dijo que dejaría para otra ocasión el relato de sus días en la nueva mina. Era algo tan diferente a lo vivido en la anterior, que no creía que debiera relatarse de inmediato. Nos fuimos a dormir con la curiosidad de saber qué había sucedido a nuestro amigo en un lugar tan cargado de presagios como el que acababa de evocar. En los días siguientes acompañé al Gaviero al hospital para que se sometiera a unos exámenes. En una semana más nos darían los resultados. Yosip y su mujer nos visitaban de vez en cuando y se mostraban muy complacidos de ver a su amigo reponerse en forma tan patente. En una ocasión en la que nos habíamos quedado solos en el patio Jalina y yo, me expresó su gratitud por lo que hacía en favor de su amigo. —Varias veces nos ha salvado de situaciones muy graves —comentó—. Es un hombre muy noble pero al que no es fácil ayudar ni corresponder a sus bondades. La última vez que trabajamos juntos fue en un barco que transportaba peregrinos desde el Adriático y Chipre hasta La Meca. Era contramaestre y medio dueño del navío que estaba registrado a nombre de Abdul Bashur, un gran amigo suyo que ya murió. Otro hombre poco común, pero mucho más duro y práctico que Maqroll. Por un problema de literas que había asignado Yosip en forma equivocada, un grupo de albaneses se le vino encima para matarlo. Maqroll descendía en ese momento a la cala y disparó al aire el revólver que siempre llevaba consigo. Los tipos soltaron a mi esposo y cuando mostraron intenciones de lanzarse contra Maqroll, éste algo les dijo en su idioma que los obligó a alejarse en actitud sumisa—. No era la primera vez que escuchaba historias parecidas sobre el Gaviero quien, sin embargo, jamás daba la impresión de ser hombre inclinado a disputar con nadie ni a imponerse por la fuerza. Era evidente que solía hacerlo por la gente de su afectos pero no para él mismo. Su fatalismo irremediable lo llevaba a sobrellevar con indiferencia las intemperancias ajenas. Lo que me llamó la atención, desde el primer momento en que vi a la mujer, en la oficina del motelucho de La Brea, fue su afecto incondicional, profundo, casi salvaje por el Gaviero. Tampoco era la primera vez que encontraba a una hembra que guardara por él ese tipo de lealtad casi perruna.

Cuando fuimos por los resultados de los exámenes, el médico nos informó que Maqroll estaba fuera de peligro. Los daños en órganos que hubieran podido afectarse con las fiebres estaban en vías de desaparecer. En pocas semanas estaría totalmente recuperado. Al salir del hospital, mi amigo, que llevaba los papeles en la mano, se alzó de hombros sin decir nada y, rasgándolos uno a uno, los fue tirando en un recipiente de basura que había a la entrada. Quise impedírselo, pero me contuve a tiempo pensando que sería una irrupción en su intimidad tan celosamente guardada. Regresamos a Northridge y no se volvió a hablar del asunto. Todos esperábamos la ocasión en que el Gaviero reanudara el relato de su vida en la mina; pero nadie se atrevía a pedirle que lo hiciera. Maqroll tenía siempre un especial cuidado para escoger el momento, la atmósfera propicia para sus confidencias y había que esperar a que llegaran espontáneamente a riesgo de hacerlo callar para siempre. La ocasión se presentó una noche que salimos a ver una lluvia de estrellas que cruzaba el cielo en medio de un resplandor que sobrecogía el ánimo. Nos quedamos sentados al pie de la piscina. Fui por unas cervezas frías que todos necesitábamos para sobrellevar el calor instalado sobre el valle. Maqroll nos comentó que la más impresionante lluvia de estrellas que vió en su vida fue a bordo de un navío que esperaba turno para entrar en el puerto de Al Hudaida, en el Mar Rojo. —Caían una tras otra y el espectáculo duró más de una hora. Había un dejo de tristeza y fatalidad en ese desastre de mundos que se convertían en polvo a inconmensurable distancia de nuestras pequeñas vidas vanidosas y anónimas —comentó Maqroll en un tono que permitía esperar que esta vez entrase de lleno en el relato de sus días de minero. Así fue. Tras un breve silencio, continuó la historia interrumpida noches atrás, como si ese intermedio no hubiese existido.

«Ahora que menciono el Mar Rojo recuerdo que dejamos pendiente el relato de lo que me pasó en la mina de la gruta. Tiene bastante relación una cosa con otra. Ya verán más adelante por qué. A la mañana siguiente, despiertos Eulogio y yo con el vocerío de los loros, preparamos café en un pequeño reverbero de alcohol que Doña Claudia le había prestado a mi compañero. Confortados con la bebida que éste solía preparar aún más fuerte que el resto de sus paisanos, nos abrimos camino por entre los helechos para explorar el interior de la mina. A los pocos pasos, que recorrimos con ayuda de la Coleman, un nutrida bandada de murciélagos cruzó despavorida por entre nuestras cabezas y se escapó hacia la abertura superior de la gruta. Un intenso olor a excremento anunciaba la presencia de los animales dentro de la mina. Muy pronto nos acostumbramos y seguimos penetrando en la galería. También allí vimos buena cantidad de maquinaria amontonada, corroída por el óxido hasta no tener forma reconocible y de herramientas también en plena destrucción. Comenzamos a examinar las paredes y el suelo con minuciosa paciencia y, pocas horas después, dimos con lo que podía ser una veta digna de estudiar más detenidamente. Se prolongaba unos veinte metros por la intersección de la pared con el piso de la galería y, de pronto, comenzaba a ascender hasta perderse en el techo. No habíamos llevado herramientas ya que sólo nos proponíamos hacer un examen del interior del lugar y verificar el número de galerías que pudiera tener. Regresamos a la playa que nos servía de albergue y nos tendimos a descansar. De tanto recorrer encorvado los socavones, la espalda me dolía en forma casi insoportable. Bastaba extenderse en el piso por un rato para que el dolor desapareciera. Comimos algo y tras tomar otro tazón de café muy caliente, volvimos a penetrar en la mina, esta vez con las herramientas necesarias y otra Coleman que nos facilitara la tarea de tomar unas muestras. Regresamos con éstas pocas horas después, pero ya casi no había luz de día para poder hacer las pruebas. —¿Sabe, mi don —comentó Eulogio—, que esa veta tiene muy buen aspecto? No sé qué me hace pensar que vamos a tener una sorpresa. Ya era tiempo, carajo. Después de tanto andar y tanto escarbar, es apenas justo que la suerte nos ayude—. Le contesté que tenía razón pero que respecto a las promesas que la veta anunciaba, poco podía decirle ya que de eso nada sabía. Mañana veríamos. Salimos al borde del abismo para recibir un poco de brisa y olvidar el denso ambiente de sacristía de la gruta.

«Las muestras que sacamos resultaron al día siguiente positivas de acuerdo con el pronóstico de Eulogio. Sin embargo, era necesario someter el material a un examen más minucioso en un laboratorio de la capital de provincia y, en caso de que se confirmara nuestro diagnóstico, había que registrar la mina en la Gobernación para poderla explotar a nombre nuestro. Eulogio se ofreció a hacer estas gestiones mediante una carta poder que yo le haría: —Usted, mi don, con ese aspecto y el pasaporte con el que anda por el mundo, disculpe que se lo diga, pero no es la persona indicada para tratar con esa gente. La mina quedará a nombre de nosotros dos. Usted como primer propietario, desde luego. Pero si va en persona no sólo no le van a dar ningún permiso, sino que a lo mejor lo sacan del país. Son muy jodidos y desconfiados. Yo sé cómo se lo digo. Todo lo relacionan con la guerrilla y nunca sabe uno lo que se les puede ocurrir—. Estas razones de mi guía eran más que convincentes y estuve de acuerdo con sus planes. Recogimos nuestras cosas, volvimos a cubrir la entrada con los helechos que habíamos desplazado al entrar y nos dispusimos a partir a la mañana siguiente con las primeras luces. La arena tibia debajo de las mantas de la montura formaba un lecho acogedor que se ajustaba suavemente a la forma del cuerpo de manera que se disfrutaba de un sueño parejo y agradable. Sin embargo, un extraño sonido me despertó poco antes de la madrugada, era como si alguien pronunciara a lo lejos una palabra que se repetía constantemente. No logré descifrar lo que decía hasta que me di cuenta de que el sonido era causado por el aire que entraba en la gruta y recorría las paredes de ésta hasta subir a la abertura superior. Al pasar por la entrada de la mina producía la modulación de una palabra dicha por alguien en voz muy baja desde una lejanía imposible de precisar. Volví a dormirme hasta cuando el ruido de las bestias que

Eulogio comenzaba a ensillar me despertó de nuevo. Me enjuagué el rostro en las aguas del arroyo. Tenían un leve sabor ferruginoso que producía una impresión salutífera de balneario de aguas termales. Se lo comenté a Eulogio y me explicó que se debía a que esas tierras eran muy ricas en minerales, lo cual venía a confirmar su corazonada sobre el filón que habíamos descubierto. El regreso por el borde del precipicio nos pareció más fácil aunque el escándalo de la torrentera volvió a causarme un vago pavor incontrolable. Seguimos el camino real por la cuchilla hasta llegar a la casa de los familiares de Eulogio. Salió Doña Claudia a recibirnos con una cordialidad que mostraba su alivio de vernos sanos y salvos. Cenamos cualquier cosa y nos fuimos a dormir. Antes de caer en el sueño, me vino a la memoria la palabra que escuché en la mina y pude distinguirla con toda claridad. Era Amirbar. Eulogio aún no se había dormido y le comuniqué mi descubrimiento. Se quedó un momento pensativo y luego comentó: —Sí, creo que eso más o menos es lo que se oye. Pero no quiere decir nada, ¿verdad?—. Le dije que significaba general de la flota en Georgia. Venía del árabe Al Emir Bahr que se traduce como el jefe del mar. De allí se originaba almirante. De su garganta salió un sonido, mezcla de incredulidad y compasión. A partir de entonces, siempre designamos a la mina con el nombre de Amirbar. Me quedé largo rato despierto pensando en los enigmas que nos plantea eso que llamamos el azar y que no es tal, sino, bien al contrario, un orden específico que se mantiene oculto y sólo de vez en cuando se nos manifiesta con signos como éste que me había dejado una oscura ansiedad sin origen determinado.

«Una vez más ocupé la alcoba con balcón a la plaza del pueblo, encima de la entrada del café. Eulogio partió en el primer camión que salía para la capital y yo me quedé en espera del resultado de sus gestiones. Una extraña fiebre comenzaba a invadirme por oleadas que iban y venían durante el día y, en la noche, se instalaba para poblar mis sueños con un disparatado desfile de imágenes recurrentes y obsesivas. El delirio malsano de las minas comenzaba a mostrar sus primeros síntomas. Les decía la otra noche que no es fácil definir esa especie de posesión que nos trabaja profundamente y que no tiene que ver con el deseo concreto de hallar riquezas descomunales. No es éste el motivo principal que la anima, es algo más hondo y más confuso. Tiene que ver con el oro, sí, pero como algo que arrancamos a la tierra, algo que ésta guarda celosamente y sólo nos entrega tras una penosa lucha en la que arriesgamos dejar el pellejo. Es como si fuéramos a tener en nuestras manos, por una vez siquiera, una maléfica y mínima porción de la eternidad. No se compara con el poder que pueda ejercer una droga determinada, ni con la fascinación a que nos somete el juego. Algo tiene de ambos, pero nace de estratos más profundos de nuestro ser, de secretas fuentes ancestrales que deben remontarse a la época de las cavernas y al descubrimiento del fuego. La vida cambia por completo, es decir, las claves que hemos establecido para conducirla se mudan instantáneamente y nos abandonan, para hacer frente al destino en otro lugar. Las personas con las que antes teníamos una relación clara y establecida, se visten de un halo inusitado que mana de nuestra fiebre incontrolable y avasalladora. Hasta una vieja costumbre que se ha confundido con nuestra vida misma, como es en mi caso la lectura, cobra otro aspecto. Las guerras de la Vendée, las emboscadas nocturnas, Charette y la Marquesa de la Rochejaquelein, los azules y la Convención, Bonaparte y Cadoual, toda esa ebria epopeya que terminó en nada y que ni siquiera los príncipes, objeto de tantos sacrificios, acabaron por reconocer ni apreciar, se me presentaban bajo una luz extraña y los motivos que animaron tanto heroísmo se desdibujaban en mi mente y tomaban los más inesperados y absurdos aspectos. Poco a poco me di cuenta de que sólo vivía ya dentro de la mina, entre sus paredes que gotean una humedad de ultramundo y donde el brillo engañoso de la más desechable fracción de mica me dejaba en pleno delirio. Dora Estela percibió de inmediato los síntomas que denunciaban un cambio en mi ánimo y me dijo, a boca de jarro: —¡Ay, mijo!, ya lo agarró el mal de la mina. A ver cómo sale de eso porque se lo va a llevar la trampa. Apenas le está comenzando, pero si le toma ventaja va a terminar sembrado en los socavones como un topo y de allí lo tendrán que sacar a la fuerza. No se desprenda de Eulogio porque a ése, como es medio lelo, no le dan esos males. No se vaya a meter solo en esa cueva porque se lo traga la tierra—. No era muy tranquilizante el pronóstico de la mujer. Lo decía con tal convicción y con tan sincera congoja que consiguió alarmarme. Comencé a esperar a Eulogio con la ansiedad de tener a mi lado a alguien que estuviera exento del embrujo del oro, alguien cuya inocencia lo hiciera inmune a la acción deletérea de un mal que amenazaba con derrumbar mi integridad y la frágil red de mis razones para vivir.

«El hermano de Dora Estela llegó con noticias que podían hundirme aún más en la vorágine que me amenazaba. El filón contenía una cantidad apreciable de mineral aurífero y el permiso había sido concedido a Maqroll, llamado el Gaviero, con pasaporte chipriota, y a Eulogio Ventura, natural de San Miguel. La mina había sido registrada con el nombre de Amirbar. Los dados estaban echados. Le comenté a mi socio los síntomas de la dolencia que comenzaba a torturarme. Lo hice en la forma más directa y sencilla posible y entendió de inmediato de lo que se trataba. —Mire, mi don —me dijo—, la mina es tan ingrata que ella misma va a encargarse de curarlo. Si sacamos oro, va a ser con tanto trabajo que va a acabar arrepentido de haberse embarcado en esta empresa. Esa fiebre es muy mala cuando comienza uno a trabajar con éxito en los socavones, pero, después, se hace más fácil de soportar. No hay que pensar en eso. Lo malo es que estuvo solo aquí todo este tiempo y eso fue lo que le hizo daño. Mi hermana no sirve para ayudar en este caso, porque odia la historia de las minas y les tiene un miedo terrible. Se lo pasó mi madre que dice siempre que ésas son cosas del diablo que es el único que vive bajo tierra en los meros infiernos. Vamos a meterle al asunto con ganas y no piense más en eso. La cosa comenzó cuando se puso a escuchar palabras raras con el ruido del viento en la gruta. Imagínese: Amirbar. ¿Dónde diablos pudo sacar semejante barbaridad? Por muy marino que sea, convénzase de que aquí el mar no tiene nada que hacer—. Como lo había previsto y como Dora Estela me lo anunció, Eulogio tuvo la extraña virtud de alejarme del vórtice del delirio que principiaba a tragarme y me trajo de nuevo a una realidad más fácil de sobrellevar. Tenía, repito, la virtud de los inocentes. Los rusos saben mucho de eso. Los consideran seres privilegiados cuya voz debe ser escuchada por el resto de los hombres, que viven en la confusión de sus ambiciones y mezquindades.

«Acordamos salir al día siguiente temprano. Eulogio se fue para arreglar algunos asuntos de su rancho y adquirir provisiones y yo me quedé tratando de sumergirme en las peripecias del Conde D'Artois en Bretaña y su deslucida participación en la gesta de la Vendée. En un momento en que quedó libre, la Regidora se acercó a mi mesa y, mirándome de frente con cierta intensidad de pitonisa, me dijo sin rodeos: —Lo que le hace falta ahora es pasar una buena noche al lado de una mujer. Eso le va a espantar los fantasmas de la mina y va a sentirse mejor. Esta noche, cuando cerremos, subo a su cuarto para hacerle compañía, ¿qué le parece?—. Me dejó sorprendido su oferta planteada así, de sopetón, pero me di cuenta de que podía estar en lo cierto. Le respondí que la esperaba encantado pero que había que andarse con cautela porque su hermano dormía en la habitación contigua. Me explicó que Eulogio pasaría la noche en casa de una amiga con la que se quedaba a menudo cuando dormía en San Miguel. Apareció pasada la medianoche y, tras desnudarse en un par de gestos certeros y rápidos, penetró en mi cama con agilidad felina y acariciadora. Tenía un temperamento de inusitada presteza en el placer y me aplicaba sus caricias casi con intención curativa, con el claro propósito de que me quedaran grabadas en la memoria y tornaran a ejercer su acción propicia en las atribuladas noches de la mina. Sus largas piernas, de una firmeza campesina y cuya esbeltez no era perceptible cuando se desplazaba entre las mesas del café, se entrelazaban a mi cuerpo con una movilidad ajustada al ritmo de un placer sostenido en vilo con sabiduría alejandrina. Lo que esa noche recibí de Dora Estela me sirvió luego para sobrellevar pruebas que hubieran podido dar al traste con mi integridad. Apenas dormimos y las primeras luces nos sorprendieron en un abrazo que tenía mucho de adiós y de última inmersión en un goce que intentaba vencer el sordo trabajo del olvido. La Regidora se sumó así a las mujeres a quienes debo esa solidaria y consoladora certeza de que he sido algo en la memoria de seres que me transmitieron la única razón cierta para seguir viviendo: el deslumbrado testimonio de los sentidos y su comunión con el orden del mundo.

«El regreso a la mina tuvo mucho de entusiasta comienzo de un trabajo promisorio. Mi obsesión se había calmado, tal como Dora Estela me lo anunció, reduciéndose a una expectativa que no traspasaba los límites habituales y tolerables. Pero allá, en el fondo, bullía sordamente el germen de un desorden que aprendía a temer como a pocas cosas en la vida. Los primeros trabajos consistieron en canalizar el arroyo de manera que esa agua corriente sirviese para lavar el material destinado a un molino rudimentario comprado por Eulogio a los parientes de un minero muerto años atrás en la volcadura de un camión en la carretera. Las dos cosas las armamos con la mayor paciencia y esmero para que rindieran su trabajo con un mínimo de interrupciones. En una semana comenzamos a lavar el primer material triturado en el molino. Los resultados fueron más satisfactorios de lo esperado. Una tarde nos quedamos mirando la breve porción de polvo de oro y de minúsculas pepitas que resplandecían al sol con un brillo que nos mantuvo en un silencio hipnotizado. De improviso me vino la duda de que se tratara de simple pirita. Cuando se lo pregunté a Eulogio, éste me miró con indulgencia y me dijo: —Pero mi don, lo primero que se probó en las muestras que sacamos del filón fue eso. Si hubiera sido pirita lo hubiéramos sabido entonces. Es oro, mi don, es oro y del bueno—. No todos los días el resultado fue tan halagador. Nos acostumbramos a medir una vez por semana lo que íbamos sacando. Esto nos evitaba el pasar cada día por breves decepciones que amenazaban con despertar los espectros del mal que se anunció en San Miguel. Cuando tuvimos una cantidad que justificaba el viaje para venderla en la capital, Eulogio se encargó de hacerlo con precauciones que, al comienzo, se me antojaron exageradas. Fue entonces cuando me contó cómo un minero, que había sido famoso dibujante y caricaturista político de notable talento, había caído asesinado en una emboscada que le tendieron para apoderarse del oro que se suponía llevaba. En verdad, en esa ocasión no traía casi nada consigo. El crimen quedó impune y su muerte fue lamentada por los muchos admiradores y amigos que había dejado. Eulogio me indicó también que si nos preguntaban en San Miguel si habíamos encontrado oro había que negarlo rotundamente y decir que hasta ahora nada se hallaba y pensábamos abandonar el trabajo si las cosas continuaban así.

«Pasaron varias semanas durante las cuales mi compañero hizo dos o tres viajes a la capital. El dinero lo guardaba en su finca en un lugar conocido sólo por nosotros y por la esposa de Eulogio. Pensé entonces que entraba en la rutina de una vida de minero con relativa suerte y un aparente porvenir asegurado. Al mismo tiempo, empezaron a presentárseme ciertos avisos para indicarme que, como de costumbre, todo iba a cambiar y de nuevo me encontraría en el incierto laberinto de mis usuales desventuras. A veces tengo la impresión de que todo lo que me sucede viene de una región marginal y nefasta ignorada de los demás y destinada desde siempre sólo para mí. Estoy ya tan hecho a esa idea, que los breves instantes de dicha y bienestar que me son dados suelo disfrutarlos con una intensidad a mi juicio desconocida por los otros mortales. Esos momentos tienen para mí una condición renovadora y esencial. Cada vez que se me ofrecen siento como si estuviera inaugurando el mundo. No son muy frecuentes, no pueden serlo, como es natural, pero sé que siempre vienen y me están destinados en compensación de mis tribulaciones.

«Un día Eulogio no regresó a la mina. Era tan regular en sus desplazamientos y actividades que había razón para temer algo inusitado. En efecto, tres días después apareció una mañana su mujer con los ojos llorosos y presa de pánico. Me relató en forma atropellada y entre sollozos que su esposo había sido detenido por la tropa en una redada que hicieron en un retén de la carretera, antes de llegar a San Miguel. Apresaron a más de treinta hombres, todos campesinos de las cercanías. Los llevaron a la capital y los estaban interrogando. Ella había ido para ver si lograba ponerse en contacto con su esposo, pero le fue imposible. En el cuartel la habían amenazado con apresarla también a ella. Corrían toda suerte de rumores, pero nadie sabía en verdad qué pasaba. Dora Estela me pedía que no se me fuera a ocurrir bajar a San Miguel, porque, en esos casos, los extranjeros son los más sospechosos. Todo nombre extranjero es para la tropa sinónimo de agitador y agente de ideas extrañas que conspiran contra el país.

Le dije a la esposa de mi socio que tomase el dinero que teníamos guardado y, con él, tratara de pagar a un abogado o a alguien con influencia para saber qué sucedía con Eulogio. Ella movió la cabeza varias veces y por fin me dijo con voz estrangulada: —No señor, yo no vuelvo por allá. Si me agarran quién va a cuidar de mis hijos y del rancho. A ver si Dora Estela quiere ir. Pero lo que es yo no me aparezco. Esa gente es capaz de todo. Usted no sabe—. Yo sí sabía. En otras ocasiones y otras latitudes había visto y había sufrido en carne propia la brutalidad sistemática y sin rostro de la gente de armas. Traté de consolarla como pude. Debía hablar con la Regidora de mi parte, diciéndole que, por favor, dispusiera de nuestro dinero para tratar de hacer algo por su hermano. La mujer asintió sin mucha convicción y regresó al rancho porque la esperaba por lo menos medio día de camino. Detuve el molino, ya que el lavado del material no podía hacerlo solo y me senté al borde del precipicio sin saber qué decisión tomar. El estruendo de las aguas del torrente al chocar contra las grandes piedras me llegaba como un comentario desaforado pero elocuente al estado de torpor en que me dejó la noticia de la prisión de Eulogio. El no poder actuar de inmediato, por las razones de Dora Estela, que eran bastante convincentes, me producía un sentimiento de inutilidad, de frustracción y de asedio tan angustioso como paralizante. Pasaba revista a todas las funestas posibilidades de lo que podía sucederle a mi amigo y cada una era peor que las anteriores. Yo sabía, ya les dije, lo que puede ser un interrogatorio en manos de esa gente. Si estaban buscando a los responsables de algún atentado o a gente de la insurgencia, la tortura era el medio eficaz y acostumbrado para descubrir la verdad.

Eulogio, con su dificultad para expresarse, daría la impresión de estar callando algo. Más le daba vueltas al asunto, mayor era mi certeza de que la vida de Eulogio corría peligro. Así llegó la noche y el viento frío que comenzó a correr por la cañada me obligó a refugiarme en la gruta. Dormí a sobresaltos y la voz del viento en la entrada del socavón me repetía con insistencia delirante esa palabra que me transportaba a otras regiones en donde más de una vez había pasado por el peligro en que ahora estaba mi amigo: —Amirbaaaar, Amirbaaar —soplaba el viento con la persistencia de quien quiere transmitir un mensaje y no lo consigue.

«Pasó una semana. La inquietud creciente me producía una sensación casi física de ahogo y parálisis, hasta dejarme al borde del delirio. En la madrugada del octavo día una sombra se interpuso a la entrada de la gruta y me despertó de repente. Era una mujer alta, desgreñada, con el rostro desfigurado por el cansancio, que comenzó a hablarme con voz entrecortada y ronca que atribuí a la fatiga. No podía distinguir muy bien sus rasgos ni la forma de su cuerpo y desde esa media luz sus palabras salían como dichas por una sibila en trance: —Me manda la Regidora, señor, para decirle que consiguió por fin sacar a Eulogio del cuartel. Con el dinero de ustedes pagó a un abogado que llevó pruebas de la buena conducta del detenido y de que en verdad es hombre de campo que nunca se ha metido en nada contra el gobierno. Lo malo es que ya lo habían torturado varias veces, porque no conseguía hablar. Tiene las piernas y los brazos quebrados y algo le rompieron por dentro porque escupe mucha sangre y se queja de dolores muy fuertes. Le dijeron que se lo llevara de allí y no dejaron que lo internara en el hospital. Está en

San Miguel y el médico de ahí lo entablilló y están esperando para ver qué pasa con los dolores. Parece que ya se van aliviando un poco. Está en casa de una familia que lo conoce hace mucho y por ahora no corre peligro. Dora Estela le manda decir que si yo le puedo ayudar en algo que me lo diga. Somos medio parientas y me tiene mucha confianza. Yo no vivo en San Miguel, soy de más arriba. Trabajaba en una tienda que hay en el alto del Guairo, por donde pasa la carretera. Tomasito también me conoce y también él me habló de usted. Piénselo y me dice. Por ahora voy a descansar un poco porque me eché todo el camino a pie, sin parar, y ya no puedo con mi alma—. Sentí un alivio enorme al saber que no habían matado a mi compañero y una sorda rabia impotente ante la bestialidad del tratamiento del que había sido víctima inocente, en buena parte por culpa de su defecto de locución. No supe en ese momento qué decidir sobre el ofrecimiento que me hacía la parienta de Dora Estela. Me vinieron de repente un cansancio abrumador, una apatía y un desgano, resultado de una semana de insoportable tensión que ahora se resolvía de improviso, dejándome como vacío y sin fuerzas. Le dije a la mujer que ya veríamos más tarde qué hacer y torné a acostarme sobre la arena tibia. Un sueño denso me alejó por varias horas del escenario de mis desventuras y me dejó en las aguas serenas, de un azul profundo, en la costa malabar. Allí esperaba en una goleta anclada en el fondo coralino, no sé qué permiso para desembarcar expedido por una vaga autoridad que examinaba en tierra mis papeles. Una gran tranquilidad, una soberana indiferencia me permitían aguardar sin cuidado la determinación de las autoridades de la costa. En caso de serme negado el permiso, estaba listo para partir sin problema alguno. En medio del sueño, ese yo que sigue en vigilia y registra cada paso de lo que soñamos, se preguntaba de dónde podía salir esa serena indolencia disfrutada en la improbable costa del Océano Indico, cuando el presente se me ofrecía lleno de acechanzas y peligros. Desperté pasado ya el mediodía. Un olor a comida me llegó como una inusitada presencia que no estaba en mis planes. Recordé al instante la visita matinal y las noticias que trajo. La mujer había encendido un fuego al pie de la pared de la gruta y revolvía en una olla un cocido cuyo aroma indicaba que debía estar hecho con vegetales frescos recogidos quién sabe dónde. La luz que entraba de la parte superior de la gruta le daba de lleno a la mujer en el rostro. Era por entero distinta a como la entreví en la penumbra matinal. Ahora tenía reunido el cabello en la nuca en un moño denso de color negro con reflejos azulosos. Las facciones eran ligeramente indígenas, de pómulos altos y mejillas hundidas. Los labios grandes y bien dibujados, dejaban ver la dentadura blanca y regular que daba una impresión de fuerza. Los ojos oscuros y almendrados tenían un aire mongólico debido a la leve pesadez de los párpados y al trazo que seguía la elevación de los pómulos. Así, sentada en los talones, mientras vigilaba el caldo, el cuerpo comunicaba una sensación de fuerza y robustez que se acordaba muy bien con el aspecto oriental de la cara. Cuando se enderezó para venir a mi lado advertí que no era tan alta como me pareció en la mañana. La solidez de los miembros la hacía parecer más corpulenta de lo que era en realidad. Toda ella estaba como envuelta en un halo de distancia, de ligero exotismo y llegaba uno a sorprenderse de que hablara el español con soltura y naturalidad. —Le estoy preparando una sopa para que reponga las fuerzas —dijo—. Está hecha con hierbas de olor, yuca y otras cosas que traje de la huerta de Doña Claudia. Le va a hacer mucho bien. Ya verá—. Pensé que era mejor aclarar con ella desde ahora algunas incógnitas que me despertaba su presencia. Le pregunté cómo se llamaba y por qué me ofrecía su ayuda y compañía sin conocerme. El trabajo en la mina era muy duro y con dificultad Eulogio y yo lográbamos realizarlo. Sonrió, mostrando su dentadura y entrecerrando los ojos en un gesto que subrayaba su aspecto asiático: —Me llamo Antonia. Mis padres murieron cuando era muy niña. Una creciente del río se los llevó con todo y rancho. Yo había bajado al pueblo con unos tíos que me llevaron para que me viera el doctor, porque tenía lombrices. Entonces me gustaba mucho comer tierra. Mis tíos me criaron. Pero cuando me hice mujer, a los quince años, mi tía me botó de la casa porque su marido había comenzado a enamorarme. Trabajé lavando platos en el café de San Miguel y allí llegó después Dora Estela. Ella me dijo que éramos parientas, no sé de dónde, y me ayudó a salir adelante. Un chofer de camión entró una noche en el cuarto donde dormía, al fondo del patio, donde están las habitaciones baratas, y me convenció con promesas y halagos de que le dejara pasar la noche conmigo. Nos hicimos amantes y pocos meses después me llevó al Alto del Guairo y allí me puso a trabajar. Me enteré luego de que era casado y tenía otras mujeres en el llano y hasta en el puerto de la costa. Un día no volvió a pasar por allí y yo me quedé trabajando para la patrona del negocio que me tomó cariño. No sé si la conoce, se llama Flor Estévez. Tiene un carácter muy jodido pero es buena persona. Por fortuna no quedé preñada del chofer. A eso le tengo mucho miedo. Una mujer que hacía rezos en San Miguel, me dijo un día que si me embarazaba me moriría en el parto. Dora Estela me fue a buscar hace dos días y me dijo que viniera para ayudarle mientras se cura Eulogio. Habló con Flor. No sé qué le dijo pero ella estuvo de acuerdo y aquí me tiene. Por el trabajo no se preocupe, no será peor que el que me tocaba hacer en casa de Flor. Pero es como usted quiera, tampoco se trata de que me tome sin querer porque después vienen las dificultades.

«Antes de continuar, vale la pena que les cuente que fue entonces la primera vez que escuché el nombre de Flor Estévez, esa mujer inolvidable que iba a ser tan importante en mi vida y me acogió años después, para cuidarme de un mal que me estaba matando, precisamente en esa fonda donde trabajaba Antonia y que se llamaba "La nieve del almirante".[4] Nada en la vida sucede en forma gratuita y todo está encadenado. Es bueno saberlo. Pero sigamos con Antonia y Amirbar, que es lo que ahora nos interesa.

«No quise responder en ese momento a su oferta. La sopa ya estaba lista y la tomé con apetito voraz. Hacía varios días que sólo comía de vez en cuando algún pedazo de pan de maíz con carne cecina. La mujer me despertaba no sé qué reflejo de reserva, de prevención que no logré concretar en un juicio cierto. A ello contribuían, desde luego, sus rasgos orientales. Pero, justamente, por la relación que he tenido con mujeres

---

[4] *La nieve del almirante*, ed. cit., pág. 26

asiáticas, en la península de Malasia, en Macao y en otros sitios semejantes, me consta que son de una confianza absoluta y de una gentileza ponderada pero cariñosa. Había algo en su aparición sorpresiva, en el ambiente de cautela y temor que me rodeaba a partir de la historia de Eulogio, en fin, un no sé qué flotaba alrededor de ella que me impedía decidirme a aceptar su oferta. Cuando terminamos de comer, salió para lavar la olla y los platos de peltre. Me dio la impresión de que lo hacía para dejarme en libertad de considerar su propuesta. Finalmente, resolví dejar de lado las prevenciones y temores, atribuibles a la brutal captura de mi socio, al exotismo de las facciones de Antonia y a la semana de soledad e incertidumbre que acababa de padecer. Decidí aceptar la ayuda que me ofrecía y que me era indispensable para continuar la explotación de la veta que habíamos descubierto. Así se lo hice saber cuando regresó de lavar los trastos. No manifestó ni agrado ni sorpresa por mi resolución y, de inmediato, empezó a extender las alfombras que pertenecían al lecho de Eulogio y a disponer en la cabecera algunas cosas que había traído envueltas en un gran pañuelo. Todo esto lo colocó a mayor distancia aún del sitio ocupado por mi compañero. Era elocuente su deseo de establecer así el tácito arreglo de que se trataba de una relación de trabajo y nada más. Esto me produjo cierta tranquilidad y alejó un poco los imprecisos temores que sintiera hasta ese momento.

«La mujer resultó ser una trabajadora incansable y eficaz. La forma como lavaba el material que salía del molino me llamó la atención. Los movimientos tenían un ritmo y una exactitud tan notables que no pude menos de preguntarle si lo había hecho antes. Me contestó que, en efecto, un canadiense con el que vivió una corta temporada le había enseñado a lavar las arenas del río, en un charco que estaba más abajo del cafetal de Eulogio. —Al hombre ése —dijo— se lo llevaron unas fiebres malignas que le dieron por tomar un guarapo pasado que se empeñó en preparar él mismo con cáscaras de piña cortadas en luna llena. Cuando se quiere hacer guarapo, la fruta debe ser recogida en menguante y al mediodía. Si no se hace así, quedan vivos los huevos de las moscas y por eso dan las fiebres—. No quise, como es obvio, discutir tan inusitada teoría médica. Porque, además, la enunciaba con una convicción sin lugar a mayor réplica.

«En pocas semanas reunimos otro tanto de lo vendido por Eulogio en la capital y que se había gastado en conseguir su libertad. Antonia se ofreció para ir a vender el oro. Estuve de acuerdo y con ella envié a la Regidora una breve razón escrita pidiéndole noticias de su hermano e insinuándole me diera más detalles sobre su amiga. Resolví ir con ella hasta donde Doña Claudia para dejar allí las bestias que nos causaban mucho estorbo y de nada servían por ahora. Así lo hicimos y regresé a la mina a pie.

«Antonia cumplió su misión con la mayor puntualidad. Le recomendé que la mitad del dinero, producto de la venta, se lo diera a Dora Estela para que ésta lo guardase. De la otra mitad podía disponer ella como quisiera. Regresó con una carta de Dora Estela y me indicó que le había dejado a ésta el total de la suma. Le pregunté por qué no había seguido mis instrucciones y me contestó que su mitad era para Eulogio y que así se lo manifestó a la Regidora. —Pero ¿vas a trabajar, entonces, de balde? —le pregunté—. Esto no me parece justo. Trabajas muy bien y quiero que tengas el salario que mereces—. Entrecerrando los ojos hasta casi hacerlos desaparecer y volviendo el rostro hacia otro lado me contestó: —No entiendes nada, Gaviero. —Era la primera vez que me tuteaba, aunque yo lo hice desde el primer momento—. Ese dinero es de Eulogio, así lo gane con mi trabajo. Ellos han hecho tanto por mí, sobre todo la Regidora, que no voy ahora a dejarlos sin esa ayuda que necesitan más que nunca. Hay que pagarle al médico, comprar las medicinas y el rancho no les está dando nada. No me vengas ahora con cuentos de salarios y vainas de ésas. El dinero es mío, está bien, yo quiero dárselo a ellos y eso es todo. ¿Te quedó claro?—. Le respondí que sí y no pude menos de reír ante el énfasis con el que expresaba su opinión. —La cosa no es de risa —comentó—. Si todos andamos más jodidos que nada. Tú el primero: ¿O es que no te das cuenta?—. No supe qué contestarle. Dos cosas me habían llamado la atención en sus palabras: un tono de femenina autoridad de reserva, que no había escuchado desde hacía muchos años —sólo mi amiga Ilona Grabowska usó conmigo esa desenvuelta autoridad que siempre me produjo regocijada satisfacción—y, consecuencia de lo anterior, el tuteo que se estableció entre nosotros. Nunca ha sido muy usual en mi trato con las mujeres, sin que corresponda a ello principio alguno de mi parte. El usted se me ha dado siempre en forma espontánea y natural al dirigirme a ellas, no importa el grado de relación que exista.

«La carta de Dora Estela retrataba el carácter impar y colorido de la Regidora. La forma como se dirigía a mí, al comienzo de la misiva, no pudo menos de hacerme sonreír».

Maqroll se llevó la mano al bolsillo del pecho de su camisa, sacó con cuidado un pliego mugriento a punto de deshacerse y comenzó a leer:

"Señor Don Gaviero:
Las cosas por aquí se van aclarando un poco, pero no lo suficiente como para dejar de preocuparse. Al fin supimos por qué cargaron los milicos con el pobre Eulogio. Parece que allá abajo por el río Grande volaron una estación del oleoducto y dos barcos que estaban descargando en la terminal que se llama Estación de los Santos. Alguien les dijo que por aquí se escondían los que habían hecho la cosa y les pareció fácil recoger gente como si fuera ganado. Eulogio está bien. Parece que sólo le quebraron una pierna y la muñeca izquierda, el resto son tronchaduras que no llegaron a partir el hueso. Lo de los vómitos de sangre ya se le quitó y el médico dice que no hay ningún órgano lastimado, sino que le partieron una costilla y el hueso rompió un pulmón. El pobre pregunta mucho por usted y está muy preocupado con el trabajo en la mina porque dice que usted solo no puede hacerlo. Ya la semana entrante lo van a llevar a la finca. La familia que lo tiene aquí espera que se vaya pronto, porque no quieren tener problemas con su esposa que se dio cuenta ya de que una de las muchachas tenía relaciones con mi hermano. Eulogio le manda decir que los militares que lo interrogaron le preguntaban mucho sobre quién era su compañero de trabajo en la mina. El quiere que no se preocupe porque les dijo que era alguien de la costa que andaba de paso y ya se había largado porque no encontraron nada. Le preguntaron si era un extranjero y les dijo que no y dice que le creyeron. No era eso lo que les

interesaba más. Que quede tranquilo porque a los que hicieron la voladura ya los encontraron escondidos en el mismo puerto del río y ya los quebraron y ahí termina. Lo de Antonia fue ocurrencia mía, aunque Eulogio no estaba muy de acuerdo porque dice que las mujeres en las minas complican mucho las cosas y siempre acaban con algún desvarío. No lo dirá por mí que nunca me he metido en esas cuevas porque de topo no tengo nada, como ya se lo dije una vez. Ella ha vivido siempre arriba en el páramo y es persona que no creo que vaya a darle problemas. Su única obsesión es el miedo de quedar preñada y eso lo arregla a su manera; a unos les va y a otros no. Ya le dije que la maldición del oro se quita al lado de una mujer si se hace con cariño. Si quiere alguna vez estar con ella, sólo tiene que proponérselo. No se preocupe que no lo va a tomar a mal. Si no quiere estar con usted se lo va a decir. Para el trabajo es muy buena y aguanta más que una mula. No sé cómo le haya parecido mi idea de mandársela pero entre que esté allá solo, sin hacer nada y con el riesgo de que le vuelva el delirio, y tenga compañía y pueda avanzar en el trabajo del molino, me parece mejor esto. Ella sabe lavar la arena y estoy segura de que ya le demostró lo bien que lo hace. Bueno, esto era todo y por aquí se le extraña mucho y le guardamos las cosas que nos ha encargado con la formalidad que usted sabe. Muchos saludos de todos aquí y que le vaya muy bien. Su amiga y servidora Dora Estela".

El Gaviero dobló cuidadosamente el pliego de papel y lo regresó al bolsillo de su camisa mientras nos explicaba: —Esta carta la guardo porque es el único recuerdo que tengo de Dora Estela y la sola misiva que conservo escrita por una mujer. Otras que guardaba, he tenido que destruirlas en momentos en que, de caer en manos ajenas, podían comprometer a alguien. Bien —continuó después de servirse otra cerveza y comentar que era imperdonable que Estados Unidos no haya podido producir aún una como ésa que estábamos tomando, hecha en Dinamarca—. Para seguir con la historia de Antonia, les cuento que la mujer se ajustó perfectamente a mi rutina de trabajo y a mi modo de vida frugal, sembrado de largos silencios y horas de lectura que me servían para escapar del ambiente opresivo de los socavones, de donde iba sacando, a fuerza de pico, los trozos de veta que amontonaba sobre un costal. Cuando éste se llenaba, ella lo jalaba por el suelo hasta la salida y allí ponía a funcionar la pequeña y rudimentaria rueda Pelton, que giraba con el agua de la cascada y movía el molino. La mujer bajaba de vez en cuando al pueblo para traer provisiones y noticias de Eulogio, que se recobraba muy lentamente. La pérdida de sangre lo había debilitado en extremo y la costilla se negaba a soldar en firme y seguía dificultándole la respiración. El diálogo con Antonia se concretaba siempre a detalles del trabajo y jamás me interrumpía cuando me sentaba afuera, recostado en la pared del precipicio, a pensar en episodios de mi pasado y en quienes han compartido épocas de mi vida tan encontrada y errante. No me gustaba permanecer mucho tiempo en la gruta, cuyo ambiente poblado de un vago esoterismo acababa inquietándome. Sólo para dormir era propicia por la condición ya mencionada de su mullido y tibio piso de arena y del murmullo adormecedor de la cascada. Algo me decía que no todo podría continuar dentro de esa normalidad tan parecida a lo que siempre he rechazado como una de las más notorias antesalas de la muerte: los días transcurriendo por cauces regulares, en donde toda sorpresa ha sido descartada de antemano. La forma como estábamos explotando el mineral de filón era tan primitiva que su rendimiento apenas servía para atender el tratamiento de mi socio y dejar en reserva una suma que, en un caso de urgencia, me permitiría salir del país en busca de otros horizontes que, para mí, siempre serían marinos. Hacía tiempo que soñaba con la idea de comprar una goleta para comerciar entre la isla de Fernando de Noronha y la costa de Pernambuco. Las halagadoras posibilidades de hacer este tráfico con buenas ganancias, me las había planteado un judío egipcio amigo mío, de apellido Waba, que tenía una inventiva inagotable para encontrar maneras de hacer dinero sin pasar mayores penalidades. La navegación en esa zona era casi todo el año muy tranquila y el llevar a la isla provisiones de las que sus habitantes carecían y estaban dispuestos a pagar a precios muy altos, era una perspectiva bastante prometedora. Haciendo planes y trazando rutas en la mente, pasaba horas al borde del abismo de cuya vegetación enana y recia partían bandadas de aves de un colorido sorprendente y cuyos gritos resonaban entre las paredes verticales de la roca con un eco agorero y melancólico.

«El cambio que vagamente había comenzado a insinuarse allá en un rincón de mi conciencia, del que partían siempre las señales de alarma de una inminente caída en la rutina gris y sosegada, se presentó, como siempre ocurre en estos casos, con la aleve máscara de inocencia de un hecho más que previsible y normal. Una noche, en la que me fue difícil encontrar el sueño, a causa del dolor de espalda que no quería desaparecer y que me venía siempre después de haber estado cavando en la veta en una posición forzada y sin alivio, Antonia vino a mi lado y me preguntó qué me sucedía. Le expliqué de lo que se trataba y ella se ofreció a frotar la zona dolorida con el aceite de palma que usaba para cocinar. Acepté y comenzó a darme masaje en la espalda y la cintura con movimientos rotativos e intensos que me aliviaron de inmediato. Le pregunté quién le había enseñado esto y me contestó que la tía donde había pasado la infancia componía huesos y era muy sabida en esta clase de cosas. Seguimos conversando y ella continuó frotándome el cuerpo hasta cuando me di cuenta de que ya no se trataba de masaje alguno sino de caricias cuya intensidad y propósito anunciaban otra cosa. La fui desvistiendo lentamente y, ya desnudos los dos, comenzamos a besarnos en silencio, cada vez más excitados. En un momento en que estaba encima y listo para entrar en ella, Antonia se dio vuelta bruscamente y quedó boca abajo. —Así quiero —me dijo—, así me gusta. No te preocupes. Estoy acostumbrada y gozo lo mismo, sin peligro de quedar preñada—. Entré sin mayor dificultad y me di cuenta de que, en efecto, ella había aprendido ya a disfrutar en esa forma con tal de no correr riesgo alguno. Al terminar, lanzaba breves quejidos que repercutían en las paredes de la gruta y se mezclaban con la voz del viento en la boca de la mina. La impresión era extraña y me resultaba muy excitante. Los ayes alternaban con el Amirbaaaar que pronunciaba el aire con precisión alucinante.

«Este abrazo sin consecuencias y contra natura, se convirtió en una ceremonia cotidiana. Ciertas tardes, cuando el viento empezaba a dejar oír su voz llamando al jefe de los mares en la entrada de la mina, el deseo comenzaba también a urgir con el pausado oleaje de la sangre. Antonia no cambió para nada el ritmo de sus labores, ni el tono de su relación usual conmigo. Era como si nuestros ejercicios nocturnos no existieran en la realidad de cada día. Recordé con frecuencia la sibilina alusión de la Regidora, que no entendí en un comienzo: "...y eso lo arregla a su manera. A unos les va y a otros no". Fue así como la mina cambió de aspecto para mí y se cargó aún más de ese ámbito ritual y abscóndito que, en un principio, me había impresionado. La relación con Antonia, marcada por la forma irregular de nuestro abrazo, comenzó a confundirse en mi mente con la atmósfera mítica del sitio. Era como un rito necesario, invocador de fuerzas escondidas en la entraña del viento que giraba en la gruta invocando al Emir de los mares, que se cumplía en medio de los breves gemidos de Antonia cuando culminaba su placer. El otro aspecto, puramente real y práctico, consistente en sacar el oro del filón, se fue fundiendo con el primero hasta convertirse también en parte del ceremonial de un culto sin rostro, de un misterio ciego en el que hallar oro y sodomizar una hembra, eran la manera de participar en un mismo rito.

«En una ocasión en que Antonia fue a la capital para vender el oro que habíamos reunido, tardó en regresar mucho más de lo usual. Fueron cuatro días de ansiedad, durante los cuales perdí por completo el control de mí mismo. La voz de la mina se escuchaba en las noches con una claridad tal que terminé dialogando con ella. Un deseo intenso, casi doloroso, torturaba mi imaginación y mis sentidos hasta pensar que Antonia había sido una invención de mi fantasía para poblar la soledad de la gruta. La última noche me despertó la voz de siempre y me pareció que llamaba a Amirbar con mayor premura, con una ansiedad nueva que me hizo pensar en Perséfone recorriendo el Hades. Fue entonces cuando elevé a Amirbar una invocación para aplacarlo. Algo, allá muy adentro, me decía que mi larga ausencia del mar no era bien vista por los abismales poderes del océano. Aún recuerdo las palabras de esta plegaria y la voy a decir porque forma parte esencial de mi tránsito por las minas. Dice así:

Amirbar, aquí me tienes escarbando las entrañas de la tierra como quien busca el espejo de las transformaciones,

aquí me tienes, lejos de tí y tu voz es como un llamado al orden de las grandes extensiones salinas,

a la verdad sin reservas que acompaña a la estela de las navegaciones y jamás la abandona.

Por los navíos que hunden su proa en los abismos y surgen luego y una y otra vez repiten la prueba

y entran, al fin, lastimados, con la carga suelta golpeando en las bodegas, en la calma que sigue a las tormentas;

por el nudo de pavor y fatiga que nace en la garganta del maquinista, que sólo sabe del mar por su ciega embestida contra los costados que crujen tristemente;

por el canto del viento en el cordaje de las grúas;

por el vasto silencio de las constelaciones donde está marcado el derrotero que repite la brújula con minuciosa insistencia;

por los que hacen el tercer cuarto de guardia y susurran canciones de olvido y pena para espantar el sueño;

por el paso de los alcaravanes que se alejan de la costa en el orden cerrado de sus formaciones, lanzando gritos para consolar a sus crías que esperan en los acantilados;

por las horas interminables de calor y hastío que sufrí en el golfo de Martaban, esperando a que nos remolcara un guardacostas porque nuestros magnetos se habían quemado;

por el silencio que reina cuando el capitán dice sus plegarias y se inclina contrito en dirección a La Meca;

por el gaviero que fui, casi niño, mirando hacia las islas que nunca aparecían,

anunciando los cardúmenes que siempre se escapaban al cambiar bruscamente de rumbo,

llorando el primer amor que nunca más volví a ver,

soportando las bromas bestiales de la marinería en todos los idiomas de la tierra;

por mi fidelidad al código no escrito que impone la rutina de las travesías sin importar el clima ni el prestigio del navío;

por todos los que ya no están con nosotros;

por los que bajaron en tumbos resignados hasta yacer en el fondo de corales y peces cuyos ojos se han borrado;

por los que barrió la ola y nunca más supimos de su suerte;

por el que perdió la mano tratando de fijar una amarra en los obenques;

por el que sueña con una mujer que es de otro mientras pinta de minio las manchas de óxido del casco;

por los que partieron hacia Seward, en Alaska, y una montaña de hielo a la deriva los envió al fondo del mar;

por mi amigo Abdul Bashur que toda su vida la pasó soñando en barcos y ninguno de los que tuvo se ajustaba a sus sueños;

por el que, subido al poste de la antena, dialoga con las

gaviotas mientras revisa los aisladores y ríe con ellas y les propone rutas descabelladas;

por el que cuida el barco y duerme solo en el navío en espera de los desembargadores de levita;

por el que un día me confesó que en tierra sólo pensaba en crímenes atroces y gratuitos y a bordo se le despertaba un anhelo de hacer el bien a sus semejantes y perdonar sus ofensas;

por el que clavó en la popa la última letra del nombre con el que fue rebautizado su navío: CZESZNYAW;

por el que aseguraba que las mujeres saben navegar mejor que los hombres, pero lo ocultan celosamente desde el principio de los tiempos;

por los que susurran en la hamaca nombres de montañas y de valles y al llegar a tierra no los reconocen;

por los barcos que hacen su último viaje y no lo saben pero su maderamen cruje en forma lastimera;

por el velero que entró en la rada de Withorn y nunca consiguió salir y quedó allí anclado para siempre;

por el capitán von Choltitz que emborrachó durante una semana a mi amigo Alejandro el pintor con una mezcla de cerveza y champaña;

por el que se supo contagiado de lepra y se arrojó desde cubierta para ser destrozado por las hélices;

por el que decía, siempre que se emborrachaba hasta caer en el mancillado piso de las tabernas: "¡Yo no soy de aquí ni me parezco a nadie!";

por los que nunca supieron mi nombre y compartieron conmigo horas de pavor cuando íbamos a la deriva contra las rompientes del estrecho de Penland y nos salvó un golpe de viento;

por todos los que ahora están navegando;

por los que van a partir mañana;

por los que ahora llegan a puerto y no saben lo que les
espera;
por todos los que han vivido, padecido, llorado, can-
tado, amado y muerto en el mar;
por todo esto, Amirbar, aplaca tu congoja y no te
ensañes contra mí.
Mira en dónde estoy y apártate piadoso del aciago
curso de mis días, déjame salir con bien de esta oscura
empresa,
muy pronto volveré a tus dominios y, una vez más,
obedeceré tus órdenes. Al Emir Bahr, Amirbar, Almi-
rante, tu voz me sea propicia,
Amén».

Al terminar Maqroll su invocación nos quedamos un
momento en silencio. Había en ella tan honda virtud
marina que nos hizo sentir ajenos y distantes de ese
mundo que, en verdad, había sido el suyo y lo sería
hasta el fin de sus días. Por arte de las palabras de esta
oración desaforada, nos dimos cuenta de que el paso del
Gaviero por el subterráneo mundo de las minas había
sido como una pena que se impusiera para purgar quién
sabe qué oscuras faltas y desfallecimientos en sus debe-
res de marino. Nadie, es claro, se atrevió a comentár-
selo y él siguió el hilo de su narración, como si no
estuviéramos presentes:
«Antonia llegó el día siguiente muy de mañana.
Había caminado toda la noche, sin parar siquiera en
casa de Doña Claudia. La razón de su demora me la
expuso después de haber descansado varias horas en un
sueño visitado por sobresaltos y palabras cuyo sentido
no conseguí desentrañar. En la capital vendió el oro sin
ningún contratiempo. Regresó en "El huracán An-

dino" de Saturio, con tan mala suerte que la chiva fue detenida por un retén del ejército. Los diez pasajeros que venían medio dormidos fueron obligados a descender y los sometieron a una requisa minuciosa. Un sargento le quitó a Antonia el dinero que traía, con el pretexto de que no era creíble que fuera el producto de la venta de un ganado de sus parientes. En verdad, la mentira era un tanto improvisada y difícil de sostener. Poco después dejaron seguir a la chiva, pero se negaron a devolver a Antonia su dinero. Ella llegó a San Miguel y al día siguiente se encaminó a la capital para reclamar la suma que le habían quitado. La Regidora trató de disuadirla insistiendo en que su excusa era peligrosamente insostenible. ¿Qué hubiera contestado a la pregunta de quiénes eran sus parientes? ¿Quién le había comprado las reses? Pasando por encima de las razones de Dora Estela, Antonia se presentó en el cuartel y allí logró, con astucias que era mejor ignorar, que un capitán ordenase la devolución del dinero. Al regresar a San Miguel resolvió partir de inmediato, así tuviera que caminar durante toda la noche. —Imaginé que te debías estar mortificando con dudas sobre mí y eso me afligía tanto que resolví emprender camino para llegar lo más pronto posible—. Le aclaré que jamás me pasó por la mente duda alguna sobre su lealtad y que lo único que temí era que hubiera tenido algún percance, sobre todo al cruzar por el desfiladero. El camino se iba desmoronando cada vez más y ya era imposible pasar sin gran peligro. Antonia me miraba con ese gesto de distancia y reserva que sus facciones malayas hacían más denso y cargado de hermetismo. Había algo que comenzaba a preocuparme en relación con ella y que no sabía muy bien cómo poner en claro. La intimidad de nuestras relaciones, marcadas con ese signo de física distorsión del cauce usual del placer, iban creando en ella una actitud de sumisa entrega, de apego casi animal que se manifestaba muy claramente en su forma de trabajar en el molino. Llegó a ofrecerse para picar en la veta, evitándome así los calambres en la espalda que me mortificaban con mayor frecuencia. No se lo permití, a pesar de que había demostrado ya tener una resistencia al parecer inflexible. Siguió insistiendo en no reservar para ella una parte del producto de nuestro trabajo y comenzaba a inquietarse cada vez más sobre mis planes para cuando se agotara el filón que trabajábamos. —Se me hace que no vas a parar por aquí ni un día —me comentaba con un dejo de tristeza—, no tienes aspecto de criar raíces en ninguna parte. Lo que en verdad eres es un vagabundo. No tienes remedio—. Nunca traté de disuadirla de la idea que tenía de mí que, por lo demás, era bastante justa. Pero el reclamo que tenían sus observaciones se hacía cada vez más acentuado hasta llegar a la congoja con ciertos tintes de rencor. Pensé que sería necesario hablar de esto con Dora Estela que podría ayudarme en este caso, dado su carácter independiente y la claridad de sus relaciones conmigo en donde no había más lazos que una simpatía franca y bien cimentada.

«La ocasión se presentó más pronto de lo que esperaba. Uno de los engranes del molino, hecho de madera de guayacán, se desdentó una mañana debido, sin duda, al exceso de trabajo al que estábamos sometiendo el primitivo mecanismo. Tuve que ir a San Miguel para que un carpintero sirio que conocí en el café y arreglaba la carrocería de madera de las chivas, tornease otro igual en la misma madera. Dejé a Antonia en la mina y partí a la madrugada. La mujer me acompañó buena parte del trayecto en el precipicio. Estaba silenciosa y desconfiada, como si hubiera adivinado mi intención de hablar con su amiga sobre nosotros. Se abrazó a mí sin decir palabra, ciñéndose calurosamente a mi cuerpo, y regresó sin volver el rostro.

«El trabajo de fabricar el engrane tomaba, al menos, dos días. Escogí el cuarto de siempre y me instalé en el café en la mesa de costumbre. La Regidora intuyó que deseaba consultarle algo sobre Antonia y me lo dijo con su manera desprovista de rodeos: —Usted trae un entripado y el asunto es con Antonia. ¿Qué pasa? —me preguntó en la noche misma de mi llegada, mientras sumaba las cuentas de sus mesas en una libreta descuadernada que siempre llevaba consigo. No le respondí de inmediato, esperando que terminara sus cálculos. —Cuénteme —me dijo—, yo sigo con mis números pero lo estoy oyendo—. Le relaté, tratando de restarle importancia al asunto, lo que me pasaba: Antonia estaba cada vez más apegada a mí y, desde luego, no eran mis planes establecer con ella una relación duradera. Ni siquiera la mina, a la larga, podría conseguir que me quedara en esas tierras por mucho tiempo. No quería herirla con un rechazo brutal, pero tampoco podía revelarle ciertas singularidades inmodificables de mi carácter y de mi destino. Su sensibilidad y su formación no le permitirían aceptarlas sin sentirlas como un rechazo. —Para comenzar —me comentó Dora Estela— no creo que el problema tenga que ver con esa manía de Antonia de no hacer el amor como el resto de las personas. Yo le creo cuando dice que haciéndolo por detrás disfruta igual. Descartado eso, ya que usted lo aceptó desde un principio, lo que sucede, entonces, es que está enamorada y eso sí es peliagudo, porque nunca le había sucedido antes. Mire, en verdad a mí no se me ocurre nada. Yo la entiendo porque algo de eso me estaba pasando poco después de que usted vino, pero como ya estoy curada de espantos supe parar a tiempo. Lo malo es que Antonia, como está metida con usted día y noche en esa cueva, no creo que logre salir del atolladero. Por desgracia, Eulogio todavía tiene para un par de meses y no creo que la cosa dé para tanta espera. ¡Ay, Gaviero!, se me hace que estas cosas le deben suceder a menudo. No hay mujer que crea de verdad en una vocación de vagabundo tan enraizada como la suya. Antonia es mujer de arranques repentinos y va siempre al grano. Recuerde que es montañera y la vida le ha dado muy recio.

«Seguimos dándole vueltas al problema sin hallar una salida posible. Era natural que así fuese: los sentimientos jamás han podido manejarse ni entenderse con razones. Al día siguiente, muy entrada la noche, el carpintero me mandó llamar para entregarme la pieza. Era de una fidelidad asombrosa con el original y estaba terminada con un cuidado ejemplar. Regresé al café, que estaba casi vacío, y la Regidora se sentó conmigo. Entró de lleno en el tema: —No hay más remedio que hablarle a Antonia con claridad y convencerla de que nada puede esperar de usted distinto de lo que ahora existe. No lo haga usted, porque la va a lastimar y va a ser peor. La próxima vez que venga para vender el oro le voy a hablar yo. A ver qué pasa. Con las mujeres no se puede anticipar nada. Ojalá no la tome contra mí, porque entonces sí nos jodimos, porque se le cierran las entendederas—. Me pareció la única salida sensata a un problema que, al tratarlo con la Regidora, adquirió proporciones más definidas y complejas que las que yo le había dado. Al regreso, Antonia me esperaba en el sendero que conducía a la gruta por el desfiladero. Tenía el rostro sellado y hermético, pero se mostró afectuosa y locuaz, como si quisiera alejar de sí alguna oscura premonición que la hubiera torturado en mi ausencia. Me ayudó a colocar el nuevo engrane con una habilidad manual tan sorprendente, que volví a pensar que algunos remotos ancestros asiáticos le habían transmitido esa mezcla de paciencia y destreza tan ajenas a la gente del país. Recogió en el monte las hierbas de olor con las que sazonó un cocido de papa, yuca y otros tubérculos de sabores más o menos semejantes y algo sosos, pero que ganaban notablemente con el aliño que Antonia les ponía. Esa noche, después de hacer el amor en dos ocasiones con una intensidad más febril que la habitual, me susurró al oído, antes de regresar a su lecho: —A veces pienso que contigo sí tendría un hijo. Pero quién sabe. Igual te largas y me dejas con la criatura. Hasta mañana, perdulario—. Sus palabras me rondaron en el sueño con una inquietud difícil de concretar.

«Durante varias semanas trabajamos intensamente. La veta empezaba a agotarse y mostraba crecientes diferencias de estructura en relación con los tramos anteriores. Se trataba de aprovechar al máximo el material que procesaba el molino. Cada día sacábamos más mica y menos oro. Señal indudable, según mis manuales, de que el filón cambiaba. Curiosamente, esto coincidía con el momento en que se perdía en el techo. Era preciso buscar otra veta y comenzamos a escarbar más al fondo de la galería sin resultado. Llegó el momento en que Antonia debía partir a la capital para vender el oro reunido. No era gran cosa, pero, de todos modos, no era aconsejable tenerlo en la mina, aunque nadie se había aparecido hasta ese momento por esos parajes. La mujer mostraba cierta reticencia en emprender el viaje, como si intuyera que allá abajo la esperaba alguna imprecisa calamidad. No quise ejercer ninguna presión porque con ello iba a despertar más su recelo. Por fin, un día, como si tomara una resolución que le había costado trabajo aceptar, la oí hablarme desde su lecho cuando estaba ya a punto de dormirme: —Mañana me voy a la ciudad para vender el oro. No hay que esperar más—. Escuché cómo se volvía hacia la pared y entraba en el sueño con una respiración regular cuyo ritmo se entrecortaba a veces con profundos suspiros de infante. Partió, en efecto, con el alba. Tenía el aspecto de la víctima que se apresta para el sacrificio con una resignación que ha cancelado toda esperanza. Tres días más tarde estaba de regreso. En su rostro no se reflejaba ningún cambio. De inmediato se puso a procesar en el molino el material que yo había sacado durante su ausencia. —Esto se va acabando —me comentó al rato con una sonrisa desteñida que confería cierta ambigüedad a la frase— y si no encontramos otra veta ya podemos despedirnos de Amirbar—. En la noche se mostró complaciente y cariñosa pero, tras los gemidos usuales del final, la escuché contener unos sollozos que le subían de pronto a la garganta.

«En verdad, la veta ya no contenía mineral alguno y era inútil excavar para seguir su curso. Eso significaba un esfuerzo imposible de realizar por nosotros dos y, menos, con las herramientas de que disponíamos. También la búsqueda de otra veta era tarea superior a nuestras fuerzas, a no ser que apareciera de repente, como sucedió con ésta. Antonia propuso una solución temporal que me pareció bastante sensata: lavar arena del río un poco más abajo del desfiladero, en las minúsculas playas donde había ensayado el canadiense con algún resultado. Así lo hicimos. Había que continuar por el sendero al borde del abismo hasta donde éste terminaba y seguir por el camino real que descendía hasta correr paralelo al río. Tomando el curso de este último se penetraba en una espesura formada en su mayor parte por árboles frutales en estado semisalvaje. La distancia desde ese lugar hasta la mina se recorría en hora y media. El camino era bueno y sólo la parte del farallón representaba algún peligro, ya que se estaba desintegrando a ojos vistas. El regreso era más difícil que la bajada y a veces nos tomaba casi tres horas. Lavar la arena para separar de ella el oro es un ejercicio fascinante. Poco a poco va apareciendo el brillo del metal, dando a menudo la impresión de que la arena misma es la que se transforma en esa dorada maravilla que recoge toda la luz del sol. Cuando se ha conseguido lavar casi totalmente la porción de oro, éste se mezcla con mercurio que lo aísla y compacta con su propia materia. El mercurio se pasa por una gamuza fina y el oro queda allí en estado puro. Las arenas del río en el que trabajábamos eran ricas en mineral precioso, porque las aguas vienen recorriendo muchos parajes en donde hay vetas que cruzan el lecho del río, éste las va gastando y se lleva el oro. Antonia trabajaba con tal agilidad y era tan diestra en lavar la arena que, al final, reunía más del doble de oro que yo. Nos fuimos acostumbrando a pasar al borde del río algunas noches, cuando éstas eran claras y no amenazaban lluvia. Bajábamos con provisiones, una Coleman y un recipiente con gasolina para alimentar la lámpara. A veces nos quedábamos dos o tres noches seguidas sin subir a la mina. Lavar la arena del río por la noche a la luz de la Coleman, es una tarea alucinante. Además, el murmullo del agua al chocar contra las piedras era un sonido bastante más grato y tranquilizador que la voz de la mina llamando sin descanso al patrón del mar. Mi invocación para aplacar sus intemperancias y caprichos no era allí necesaria. Pasaban los días y Antonia no hacía la menor alusión a lo que, de seguro, había hablado con la Regidora. Esto me inquietaba. Las señales de cierto desconsuelo se iban haciendo en ella más repetidas y claras. De nuevo reunimos oro suficiente como para justificar un viaje a la capital. Cuando se lo mencioné, una noche en que habíamos hecho el amor a la orilla del río, los ojos de Antonia se llenaron de lágrimas. Le pregunté qué le pasaba y contestó con un brusco gesto de negación. Insistí un poco más y me habló con voz entrecortada por los sollozos: —Si me voy ahora, seguro que no te encuentro al regresar. Ya Dora Estela me dijo que te querías ir y que debía resignarme a perderte, porque nunca has parado en ningún sitio—. Le contesté que nunca haría algo como desaparecer sin despedirme y le insistí largamente sobre mi condición errante y la inutilidad de pensar en un cambio de mi destino. Al partir me llevaría su recuerdo que me acompañaría siempre. La encontraba una mujer notable y su belleza fresca y vigorosa me había proporcionado una de las experiencias más excitantes y plenas de mi vida. Nada de eso era lo que ella quería escuchar. Pero pensé que era más leal y más claro decirle lo que sentía por ella y lo que era para mí, sabiendo, desde luego, que le causaba una desilusión difícil de soportar. Seguimos hablando sobre lo mismo y, a medida que abundaba en mis argumentos, ella entraba en un arisco silencio de animal herido. Cuando me dormí a su lado, sobre las mantas que habíamos dispuesto en un solo lecho, sollozaba aún en forma apenas perceptible.

«Me despertó, de repente, un intenso olor a gasolina y la sensación de un líquido frío que corría por mi espalda. Me incorporé al instante y vi una forma blanca que intentaba encender un fósforo tras otro sin conseguirlo. Me lancé al agua de un salto al momento en que un flamazo encendía las mantas y buena parte de la arena. Nadé hacia la orilla mientras Antonia desaparecía entre los árboles gritando como una loca: —¡Contigo hubiera tenido un hijo, pendejo! —decía mientras su voz se alejaba en la espesura—. ¡Muérete, animal! ¡El que no tiene casa que viva en el infierno!—. Huía convencida de que yo quedaba entre las llamas. Cuando salí del río comenzaban a verse las primeras luces del alba. Traté de secarme con algunos trapos salvados del fuego. Emprendí el camino hacia la mina sin saber muy bien lo que iba a hacer. Quedé apenas con las prendas que usaba para dormir: una camiseta y unos calzoncillos. Las botas, algo chamuscadas, pude usarlas sin los cordones porque éstos habían ardido. Subir en tales condiciones me resultó bastante penoso. Cuando llegué a la gruta me tiré en la arena para descansar. La evidencia de la situación se me presentó entonces plenamente. Estuve a punto de morir entre las llamas, que aún persistían cuando dejé el sitio. La mujer había vertido el recipiente de gasolina, que estaba lleno, alrededor del lecho y sobre mi cuerpo cubierto por las mantas. Si el primer fósforo hubiera servido no estaría contando el cuento. Las manos mojadas con gasolina le impidieron hacerlo y eso me salvó. Entre las cosas que dejamos en la mina tenía otras mudas de ropa y cordones de repuesto para las botas. Antonia se había ido con el oro.

«No tenía otra alternativa que partir para San Miguel, recoger la parte que me correspondía del dinero que guardaba Dora Estela, abandonar la región y, con ella, la historia del oro que se había convertido en una suerte de maldición implacable. Escondí las herramientas y algunas partes del molino en la galería y abandoné el lugar con la intención de pasar la noche donde Doña Claudia y, al día siguiente, bajar a San Miguel. Llegué a la finca casi al caer la noche. Cuando retiraba las trancas de la entrada, un bulto salió de entre los árboles que servían de cerca. Era Doña Claudia que me estaba esperando. Antes de que tuviera tiempo para preguntarle cómo sabía de mi llegada, comenzó a hablar con una voz en la que se mezclaban la angustia y la congoja: —Por aquí pasó en la madrugada la loca ésa hablando barbaridades y diciendo que usted había muerto entre las llamas. No se le entendía muy bien, pero daba la impresión de haber sido ella la que le prendió candela. Pero lo grave no es eso. Esta tarde vino por aquí la tropa y un teniente nos interrogó durante mucho rato, a mí y a los dueños de la finca, sobre la mina del desfiladero y el extranjero que se escondía allí con el pretexto de buscar oro. Venían de hablar con Eulogio quien negó todo. Volvieron a golpearlo sin lograr sacarle nada. Andan merodeando por aquí y se me hace raro que no se haya cruzado con ellos. Tal vez están buscando río arriba antes de ir a la mina. Yo he estado aquí desde hace rato esperando la casualidad de que pasara alguien con noticias sobre usted, porque Antonia estaba tan confundida que nada claro pudimos saber. Espéreme aquí escondido. Le voy a traer algo de comida; porque lo mejor que puede hacer es devolverse por el camino real, sin pasar por San Miguel. Más abajo, el camino cruza la carretera y a lo mejor lo recoge allí alguien para que se vaya lo más lejos posible. Si esa gente lo encuentra lo van a matar. A los extranjeros nunca los llevan a la capital sino que los quiebran ahí mismo. No se mueva de aquí y espéreme detrás de esas matas. Qué bueno que apareció, puro milagro, mi don, puro milagro—. Y se alejó hacia la casa murmurando frases que no entendí. Fui a esconderme detrás de las matas que me había indicado y me puse a pensar en mi destino. Una vez más terminaba con lo que traía puesto y perseguido por las fuerzas del orden sin saber muy bien por qué. Si contaba con suerte podría hacerle llegar a la Regidora un recado para que me enviase algún dinero para salir del país y buscar suerte en otro sitio, pero, jamás, desde luego, en las minas de oro. No tardó en regresar Doña Claudia con una pequeña olla de sopa y un poco de pan de maíz. Me traía, además, un poncho de lana cruda y un sombrero de paja para protegerme de la intemperie y disimular algo mi aspecto de extranjero. Antes de partir, le pedí que intentara ponerse en contacto con Dora Estela para decirle que ya le avisaría dónde hallarme y que esperara mis noticias.

«Caminé toda la noche bajo un cielo estrellado tan espléndido que alcanzaba a iluminar tenuemente el camino. La bóveda celeste daba una impresión de tal cercanía que me sentí acompañado por las constelaciones que aprendí a conocer en mis días de gaviero. El camino real cruzaba en efecto la carretera y seguía luego subiendo por montes y cañadas en su trazado impecable, al abrigo del tiempo y su exterminio. Pasaron varios vehículos pero no me atreví a detener a ninguno. Eran automóviles particulares y mi aspecto no debía ser de los más tranquilizadores. Vinieron luego algunos grandes camiones de carga y éstos, ya lo sabía, no se detienen jamás porque a los choferes les está prohibido hacerlo. Después pasaron dos camiones del ejército con soldados que cabeceaban de sueño. Los percibí a distancia y me escondí en un viaducto de la carretera. Cuando había perdido toda esperanza y estaba resuelto a caminar hasta descubrir algún caserío cercano, pasó Maciste con Tomasito al timón sonriendo con ese aire suyo permanente de quien acaba de cometer una pilatuna. La suerte, al fin, se ponía a mi vera. Subí al lado de mi amigo quien me relató más detalles sobre las noticias que me dio Doña Claudia. Antonia había llegado al pueblo y tuvieron que llevarla a la capital el mismo día para encerrarla en el manicomio. Deliraba en medio de ataques de furia, atacaba a la gente y no reconocía a nadie. A la Regidora trató de agredirla con una botella rota. Por fortuna la detuvieron a tiempo. San Miguel estaba lleno de tropa e interrogaban a todo el mundo. Parece que habían volado dos estaciones más del oleoducto y la guerrilla merodeaba por el monte. Preguntaron por mí en el café y a Dora Estela la interrogaron durante varias horas, pero sin torturarla. Dijo sólo una parte de la verdad: me había conocido en el café y su hermano me proporcionó algunas informaciones sobre las minas de oro de la región.

«Le comenté a Tomasito sobre mi propósito de dirigirme hacia la costa y prometió ayudarme a encontrar la mejor manera de salir de la zona sin tropezar con el ejército. Tenía una suerte enorme, agregó, al encontrarme con él en ese trayecto de la carretera que no solía hacer casi nunca. Su ruta acostumbrada era la de San Miguel a la capital. Pero ahora llevaba café en almendra para la trilladora que hay en el puerto del río y por eso iba en esa dirección. Cuando llegamos al puerto, mi amigo buscó un alojamiento discreto con gente de su confianza. El lugar escogido no podía ser más imprevisible. Era una pequeña casa, a la orilla del río, donde una viuda de cierta edad arreglaba citas con mujeres que deseaban ganar algún dinero con la mayor discreción y sigilo. Casi todas eran casadas o viudas y redondeaban así su presupuesto familiar. La dueña le debía algunos favores a Tomasito y no pudo rehusarse a la solicitud de mi amigo de que me albergara mientras se arreglaban algunos asuntos que tardarían apenas un par de días. El plazo se alargó un poco más de lo previsto por el dueño de Maciste. Yo permanecía encerrado en una alcoba de la parte trasera de la casa que daba a un solar que, a su vez, iba a terminar en la orilla del río. Día y noche escuchaba los diálogos de los huéspedes en tránsito y el crujir de las camas con el peso de las parejas cuyos gemidos me recordaban las noches de Amirbar.

«Una mañana golpearon a la puerta de mi alcoba y fui a abrir, pensando que se trataba de la dueña. Era Dora Estela que me miraba con ojos de asombro como si fuera una aparición. Me abrazó calurosamente y los ojos se le llenaron de lágrimas. Era la primera vez que la veía así. —Se salvó de milagro, Gaviero. Pensar que todo fue por culpa mía que le mandé esa loca a la mina. Pero quién iba a pensar que fuera capaz de semejante bestialidad —comentó secándose el rostro con las puntas de un gran pañuelo que traía amarrado a la cabeza y le daba un aspecto de erinia apaciguada. Me contó, luego, la llegada de Antonia al pueblo y la forma como la atacó en el café. Estaba dirigiéndole frases sin sentido cuando tomó una botella de cerveza que estaba en una mesa, la rompió contra el borde de metal y se le fue encima esgrimiendo el vidrio convertido en varias puntas mortales. La detuvieron a tiempo y se la llevaron amarrada. Se fue en el primer camión que salió para la capital y allí la encerraron en el manicomio. No volvió a hablar y había caído en una inmovilidad ausente de la que no parecía poder salir nunca. Le pregunté por Eulogio y me dijo que los golpes propinados de nuevo por los milicos lo habían dejado al borde de la muerte. Se estaba reponiendo muy lentamente. El problema era quién se iba a encargar de la finquita y del ganado. Ella no podía hacerlo ni sabía de eso. Sacó luego del seno un fajo de billetes y me lo entregó diciendo que era mi parte del oro vendido por Antonia en sus viajes a la ciudad. El que se llevó cuando intentó matarme lo habían requisado en el manicomio y se quedó en pago de los gastos de su entrada al hospital. Le pregunté cuánto era lo que me entregaba. No me sentía con ánimos de contar dinero. La suma era bastante importante y hubiera pagado la goleta para hacer los viajes de San Fernando de Noronha a Pernambuco. No fui capaz de disponer de un dinero que dejaba tras sí tantas desgracias. Tomé lo necesario para partir en el primer barco que saliera del puerto de mar más cercano. Le informé a Dora Estela que el resto era para sostener a la familia de Eulogio mientras éste se reponía y también para ella, en caso de que necesitase algo para su hijo. La Regidora se quedó mirándome con su ceño de pitonisa tras el cual escondía una sensibilidad sorprendente. Me indicó, luego, cómo iba a salir yo de allí. Ella había venido con Tomasito y éste me mandaba decir que la próxima semana pasaría para llevarme en Maciste hasta una ciudad cercana a la costa. Allí, un amigo suyo, conductor de camión, se encargaría de trasladarme al puerto. Debía usar un nombre falso, ellos escogieron el de Daniel Amirbar, y decir que era copropietario del camión en el que viajaba. Lo del nombre era idea, seguramente, de Dora Estela. Se lo pregunté y me lo confirmó sonriendo. Seguimos conversando y recordando episodios de nuestra amistad, hasta cuando volvieron a golpear a la puerta. Era Tomasito que entraba exultante a pesar del calor de infierno que reinaba en el puerto de río y, más aún, en mi habitación que recibía todo el sol de la tarde. Venía a informarle a Dora Estela que partiría hasta el día siguiente porque tenía que esperar la lancha con la carga para San Miguel. Se quedó mirándola mientras le comentaba: —No tienes problema de habitación Dorita. No creo que el Gaviero te niegue hospedaje por una noche.

«Dormimos juntos y, en esa noche de adiós a mis días de minero, me abracé al firme cuerpo de la Regidora con la gozosa desesperación de los vencidos que saben que la única victoria es la de los sentidos en el efímero pero cierto combate del placer. Al día siguiente, cuando desperté, Dora Estela ya había partido. Al igual que a mí, tampoco a ella le gustaban las despedidas. Con felina prudencia había preservado mi sueño. Una razón más para obligar mi gratitud. Los días siguientes los pasé en espera de la llegada de Tomasito. La dueña de la casa venía de vez en cuando para conversar conmigo. Era hija de libaneses y su marido también era de Beirut. Hablaba algunas palabras de árabe que aprendió de niña y le servían para entenderse con su esposo que jamás consiguió hablar cabalmente el español. Cuando cayó enfermo, con un mal cardíaco que le imposibilitaba ganarse la vida en el comercio de baratijas de casa en casa, fue él quien le dio la idea de invitar algunas amigas a venir a su casa para encontrarse con hombres que estaban de paso en el puerto y querían disfrutar un rato con ellas. El secreto de su éxito consistía en el sigilo estricto que guardaba y en tener tratos sólo con hombres que no vivían en el pueblo. Tomasito y otros choferes amigos y dos o tres capitanes de los barcos del río, eran sus fieles intermediarios. Solía gratificarlos ofreciéndoles las primicias interesantes que de vez en cuando se presentaban entre su clientela femenina. Las historias de la mujer eran fascinantes y se encadenaban de acuerdo con la más sabrosa tradición oriental de las Mil y Una Noches. Se asombraba siempre de que yo conociera tan bien, no sólo el país de sus padres, sino tanto sitio del Mediterráneo que se había acostumbrado a oír mencionar de niña y durante su vida de casada. Cuando le dije, por ejemplo, que mi pasaporte era chipriota, me comentó entusiasmada: —Fíjese qué curioso: tengo una prima en Limassol que se llama como yo, Farida. Está casada con un capitán de remolcador y de vez en cuando todavía me escribe—. Recordé los remolcadores del puerto, siempre haciendo esperar a los barcos y sus capitanes regateando siempre el pago de sus servicios con las razones más especiosas y absurdas. El olor del puerto de Limassol y sus tabernas griegas, todas con la misma música de buzukia, monótona y desabrida. Estuve a punto de contarle cómo había conseguido mi famoso pasaporte con un presunto abogado de Nicosia, pero preferí no inquietar a la pobre Farida, que ya tenía suficientes motivos para estarlo con mi presencia en su casa. Durante una de nuestras charlas nocturnas, me ofreció traerme a una señora casada con el secretario de la aduana. Era una rubia muy atractiva que, al parecer, hablaba francés. Le agradecí su propuesta pero no estaba el ánimo como para citas a ciegas. —Eso está mal —me dijo—. Una mujer siempre hace olvidar las preocupaciones. No hay mejor remedio que ése, se lo aseguro—. Sus palabras me recordaron a mi amiga la Regidora y la vieja y bien probada confianza de los levantinos en las virtudes curativas del erotismo, sin importar cuáles sean los medios usados para disfrutarlo. En Limassol, precisamente, el mercado de efebos de la isla era la actividad más común en las tabernas del puerto. Más de un oficial nórdico pagaba a veces las consecuencias de su ingenuidad y se hallaba, a la madrugada, desnudo y atado a un poste de los muelles.

«Tomasito llegó por mí al caer la noche del sábado siguiente. Era un día de mucho movimiento y el viaje sería más seguro. Partimos de noche, después de despedirnos de Farida quien me dijo con acento de Casandra: —Jamás lo volveremos a ver por aquí, Gaviero. Estas no son tierras para usted y, si vuelve, no va a salir vivo. Yo se lo digo—. Sus palabras me vienen de vez en cuando a la memoria, como una llamada que no acabo de descifrar. De todos modos, volver allá se me ocurre como algo impensable y nefasto. El viaje en Maciste nos tomó casi toda la noche. Atravesamos grandes extensiones de arrozales y campos de caña de azúcar, en medio de un calor que ni siquiera la marcha del vehículo hacía soportable. Yo iba recostado en unos bultos de café en almendra, que despedía un aroma civilizado y delicioso. Dormí muy poco, pero no por temor al peligro que pudiera esperarme, sino por obra de ese perfume que me recordaba mis días de Hamburgo, de Amsterdam y de Amberes, días presididos por ese olor del café tomado al borde de canales de agua dormida y oscura, en los que se reflejan los campanarios de viejas iglesias de la Reforma y las fachadas de casas habitadas por una burguesía laboriosa que cultiva cuidadosamente la pausada y mezquina hipocresía de sus convicciones. Poco antes del amanecer llegamos a la ciudad desde la que el amigo de Tomasito me llevaría al puerto sobre el Pacífico. Era uno de esos pueblos de las regiones azucareras, lugar de paso y cruce de caminos, lleno de cafés con billares y burdeles ruidosos con orquestas tocando toda la noche, donde se tiene siempre la impresión de que nadie duerme jamás. Los grandes camiones se estacionan en fila, a la entrada de los cafés, y el estruendo de sus motores hace coro con el de las bolas de billar, los tocadiscos a pleno volumen y el chocar de botellas en las mesas de latón esmaltado. Algarabía ensordecedora que la gente suele confundir con la felicidad. Tomasito se fue a entregar su carga y yo me quedé esperándolo en un sitio cuyo nombre no podía ser más anacrónico: Café Windsor. La cerveza seguía siendo ese líquido pobre de espuma y de sabor, que creaba en el estómago una especie de parálisis nauseabunda. El ron, en cambio, era uno de los mejores que he probado en mi vida, buena parte de la cual ha transcurrido en el Caribe y esto me da, creo, autoridad suficiente para calificar así el que me sirvieron en el Windsor, con mucho hielo y nada más. Una calurosa ola de bienestar me invadió lentamente y todas mis malandanzas se desvanecieron de la memoria como por ensalmo. Cuando llegó Tomasito, yo había trabado ya relación con dos billaristas y estábamos terminando una partida en la que llevaba la peor parte pero que disfrutaba inmensamente. Mi amigo conocía a mis compañeros de juego, cuyas profesiones resultaron ser tan imprecisas como distantes del código penal. Nos habíamos entendido tan bien que me hicieron más de una confidencia comprometedora. Terminamos de jugar y Tomasito pidió algo de comer para todos. Nos sirvieron mojarra con arroz y plátano frito en tajadas. Hacía tanto que no probaba pescado, que la mojarra me supo a gloria. Ibamos en la tercera botella de ron y consideraba ya la posibilidad de acompañar a mis nuevos amigos en una empresa de contrabando de telas y aparatos eléctricos que nos dejaría una fortuna, cuando llegó el chofer del camión que iba a llevarme al puerto. Saldría en unos minutos más. Teníamos prisa. Me despedí con la promesa de vernos en el puerto si no encontraba barco de inmediato y partimos hacia el camión. En una esquina se había instalado un retén del ejército que estaba pidiendo papeles a todo el mundo. Tomasito entró de repente con toda naturalidad en el zaguán de una casa y el chofer y yo lo seguimos de cerca. Mi amigo cruzó un patio con geranios y penetró en el solar que tenía una puerta que daba a otra calle. Todo sucedió con tal rapidez y familiaridad que una mujer que colgaba ropa a secar en el patio ni siquiera se volvió a mirarnos. Salimos por la puerta, desembocamos en una calle tranquila con casas semejantes a la que habíamos atravesado y, tras recorrer dos calles más, llegamos frente al depósito de una agencia aduanal en cuya puerta estaba el camión. Tomasito me estrechó fuer-

temente entre sus brazos sin decir palabra. El chofer y
yo subimos a la cabina cuya comodidad y lujo me
llamaron la atención. Antes de que el camión arran-
cara, Tomasito pasó a mi lado y dándome una palmada
en el brazo me dijo con voz en la que se notaba una
emoción contenida: —Suerte Gaviero, mucha suerte.
Bien que la necesita—. El encuentro con el ejército y
la escapada magistral gracias a su sangre fría me habían
despertado a la realidad. El ron fuerte y aromático, los
compañeros de billar y sus quiméricos e ilícitos proyectos, todo parecía pertenecer a un pasado impreciso. El
conductor del camión resultó ser hombre de pocas
palabras. No sé si porque lo fuera de verdad o porque
Tomasito le pidió guardar cierta reserva conmigo. El
viaje duró casi todo el día. La carretera remontó,
primero, hacia la parte más alta de una cadena de
montañas que corría paralela a la costa y luego descen-
dió bruscamente hasta el puerto. El chofer detuvo el
camión en una calle solitaria y me alargó un papel
donde estaba escrito en lápiz: "Hotel Pasajeros, Mister
Lange". Debía mostrárselo a la persona allí indicada
que se encargaría de alojarme. El hotel estaba sobre los
muelles, a pocos pasos de donde se había estacionado el
camión.

«Nada más semejante en el mundo que estos hoteles
de puerto. El mismo olor a jabón barato en los cuartos,
el mismo vestíbulo con muebles de color indefinido y el
mismo propietario oriundo de la *Mitteleuropa*, hablando todos los idiomas con las mismas treinta palabras indispensables. Cuando le entregué al llamado
Mister Lange el papel que me había dado el chofer, el
hombre se quedó viéndome un momento con una
mirada turbia que trataba de escrutarme sin que yo lo

notara. Se me ocurrió hablarle en el dialecto de Gdynia y me contestó en la misma forma con toda naturalidad. Subió conmigo para indicarme mi habitación y, a tiempo que me daba la llave, dijo sin mirarme a la cara: —Por favor no use el teléfono, ni hable con desconocidos. Me encargaré de arreglar su pasaje en el próximo barco. Es el LUTHER y viaja a La Rochelle. Hace escalas en Panamá, La Habana y Bermudas. Usted me indica dónde quiere descender—. No quise preguntarle sobre la extraña prohibición de usar el teléfono, por no escuchar la respuesta evasiva que me ganaría al hacerlo. Le contesté que iba a La Rochelle y que prefería viajar en tercera o en una hamaca con la tripulación. Una sonrisa pálida, tan imprecisa como su mirada, apareció un instante en sus labios y se esfumó de inmediato. —Ya veremos —musitó—. Ya veremos—. Cerré la puerta con llave y me tendí en el lecho. La colcha de color lila desteñido y las sábanas de un gris inquietante, me resultaron tan familiares que casi consiguieron conmoverme.

«Allí estaba, entonces, por milésima vez, en una alcoba anónima de un hotel también anónimo de un puerto cuyo olor, cuyos ruidos, cuyas sirenas de barcos pidiendo el remolcador o anunciando su partida, constituían el escenario obligado y ya para siempre inevitable de mis días. El calor del trópico entraba por la ventana y me envolvía con su presencia mansa y protectora, como una antigua amistad que me acogía de nuevo con rutinaria familiaridad. Pensé en lo que venía de padecer y, como siempre también, al recordarlo sentí como si fuera otro el que vivió tan descabelladas experiencias y conoció seres cuya huella seguramente registraría la memoria para siempre pero que, al mismo tiempo, se me presentaban como desasidos y ajenos al signo de mis desplazamientos. Qué sería de Dora Estela, pensé, de espaldas a la suerte y, sin embargo, tan merecedora de mejores días, y qué de Antonia, cuya demencia debió germinar pausada y sordamente a través de sus ingenuos desvíos eróticos practicados con obsesiva aplicación. Y Tomasito, cuya inteligencia sin falla había logrado crear a su alrededor un clima de bienaventurada alegría, y Eulogio, con el trabado mecanismo de expresión que tan injustamente le marginaba de un mundo entendido y manejado por él con tan notable destreza. Y los susurros, quejidos, llamados en las galerías de las minas, voz de la tierra abriéndose paso en la tiniebla de un ámbito en donde el hombre es acogido sólo a cambio de su renuncia de los dones del mundo. En medio de ese desfile abrumador y dolorido caí en el sueño arrullado por las sirenas del puerto. A la mañana siguiente abrí la ventana de mi cuarto y me asomé a ver los muelles. La escena me quitó cualquier deseo de salir a recorrer el puerto. Hay una especie de común denominador de esos puertos del Pacífico, con dos o tres diferencias notables; pero de Vancouver a Puerto Montt hay, en la gran mayoría de ellos, una especie de manto gris que todo lo envuelve, de muros de ladrillo maculados con restos de carteles donde se ha detenido la mugre hasta hacer invisibles las letras y de tristes grupos de habitaciones lacustres que se tienen en pie con una precariedad alarmante, meciéndose en un charco de agua sucia en la que flotan cadáveres de gallinas, latas de cerveza y botellas en lento naufragio y que despide un olor a excrementos, a orines trasnochados, a miseria, a sorda muerte anónima. Este era de los más característicos. La población, negra en su inmensa mayoría, habitaba en chozas de bambú y latas, dispuestas en hileras que desembocaban en ninguna parte y unidas entre sí por tablones temblequeantes, a orillas de un río siempre crecido cuyas aguas, inmóviles bajo las endebles construcciones, acumulaban todos los detritus de la creciente. Tendido en el lecho del que se iba levantando, cada vez con mayor fuerza, un aliento de sudor agrio de quién sabe cuántos huéspedes anteriores, empezó a abrirse paso, allá adentro de mí, una lenta pero inexorable sensación de derrota; vieja compañera del final de mis empresas que suelen desembocar todas en el mismo charco de hastío y mala sombra. Sabía que para librarme de ella sólo la inmensidad salina del océano sería eficaz. Esperaba el *LUTHER* con auténtica ansiedad, viendo cómo me iba ganando esa atroz desesperanza que tan bien conozco. El dueño del hotel subía de vez en cuando a verme y me daba noticias dilatorias sobre la llegada del barco. Llegué a pensar que iba a quedarme para siempre en ese fétido rincón de la costa del Pacífico. El hombre subió una noche para decirme que el *LUTHER* había llegado esa mañana y estaba listo para salir dentro de una hora. Había que partir al instante. Yo subiría al barco como Daniel Amirbar, segundo ayudante de máquinas, que bajó al puerto en el viaje anterior para curarse unas fiebres. Así lo hicimos. Cuando llegué frente al *LUTHER* Mister Lange se despidió de mí con una cordialidad bastante dosificada. Me quedé sin saber nunca cómo mis amigos habían conseguido que me escondiera en su hotel y arreglara la partida.

«La silueta pesada y negra del barco no tenía un aspecto muy acogedor. Era uno de esos cargueros armados en Kiel, allá por los años veinte, en plena crisis de postguerra, en cuya chata presencia parecía reflejarse el espíritu de aquellos tiempos de hambruna y derrota en Alemania. Me presenté al capitán. Había nacido cerca de Heidelberg y tenía ese carácter amable y ligeramente irónico de las gentes del Palatinado. Dejaba al piloto y al contramaestre la responsabilidad de conducir el barco y él se dedicaba, con prolija minuciosidad, a los asuntos contables, comerciales y administrativos. Me recibió cordialmente y me pidió que lo acompañara a su cabina. Cerró la puerta y me invitó a sentarme. Sabía casi todo sobre mi historia de aprendiz de minero. Se la había relatado Lange sin mucha simpatía para conmigo. El no le hizo comentario alguno porque no confiaba en esos personajes que tejen extensas redes desde el mostrador de los hoteles para llevar a cabo los negocios más impensados. —No entiendo —me comentó— cómo a un marino como usted, curtido en travesías de todos los mares navegados, puede pasarle algo semejante. Gente así debe permanecer en tierra lo menos posible. Jamás les pasa allí nada bueno. El mar también los castiga a menudo, pero nunca es lo mismo—. No tenía ni ganas ni manera de exponerle los motivos que me habían movido a intentar esa empresa, quizá, porque yo mismo debía ignorarlos. Le contesté con algunas vaguedades convencionales y fui a guardar mis cosas junto a la hamaca que me había tocado. Allí me tendí sin pensar en nada, dejando que el cuerpo se fuera ajustando a su vieja y fiel rutina marinera. La sirena del LUTHER llamó tres veces seguidas y el barco comenzó a moverse. El ritmo acompasado de las bielas y el chapoteo de las hélices fueron devolviéndome paulatinamente la relativa serenidad, la saludable indiferencia que da el entregar nuestra suerte a los genios de las profundidades. El hastío melancólico del puerto se disolvió al poco rato. Cuando entramos en alta mar y el barco inició el lento cabeceo contra las olas, sentí que volvía a ser el de siempre: Maqroll el Gaviero, sin patria ni ley, entregado a lo que digan los antiguos dados que ruedan para solaz de los dioses y ludibrio de los hombres. Cuando desembarqué en La Rochelle, tras mes y medio de navegación sin incidentes, compartiendo la mesa bien provista y la parca pero sabrosa conversación del capitán, ya tenía en la mente varios proyectos concretos relacionados con el tráfico. de madera de teca. Las minas habían pasado a formar parte del abigarrado inventario de lo ya sucedido sin remedio».

Durante un rato nos mantuvimos en silencio por no saber qué decir ante esa atribulada secuencia de incidentes, narrada por alguien que casi parecía ajeno a ella y la veía como algo natural, relegado al olvido sin pesadumbre ni reclamo. Terminamos la última cerveza entre comentarios anodinos sobre los lugares donde había vivido Maqroll sus andanzas de minero y nos fuimos a dormir casi al amanecer.

Pocos días después volvimos al Hospital de San Fernando Valley. El resultado del examen fue satisfactorio y el médico declaró al Gaviero definitivamente curado de las fiebres. Este le preguntó si podría viajar y el doctor le contestó que no veía ningún inconveniente, siempre y cuando no fuera a tierras del trópico. Cuando salimos, Maqroll me comentó, mientras sonreía como lo hacemos cuando un niño dice algo gracioso: —Estos médicos no tienen remedio. Primero me dice que ya estoy curado. No sabe que estas fiebres jamás desaparecen en forma definitiva. Siempre vuelven cuando uno menos lo espera. Luego me advierte que no visite el trópico, cuando le he mencionado hasta el cansancio que allí es donde suelo pasar buena parte de mi vida; en el Caribe o en el Sureste Asiático; o navegando entre las Antillas Menores y el Golfo de México o cortando teca en Songhkla o en Tenasserim. Porque ahora pienso ir a Matarani por un tiempo al buen hombre se le olvida lo demás. Creo que tenía más seso el uruguayo que me consiguió al principio—. Argumenté que aquél era un médico de primeros auxilios, de servicio en los estudios, y que lo que él había necesitado era un especialista. —Esos son cuentos —me contestó dándome una palmadita en el hombro—. El uruguayo tenía más ojo y nunca hubiera caído en la necedad de prohibirme el trópico—. Le respondí que precisamente en el trópico era donde había contraído las fiebres. —Pero si ya las tengo. La cosa no tiene remedio. Con fiebres o sin fiebres no pasará mucho tiempo sin que tenga que regresar allá. No me diga que se imagina que yo voy a vivir retirado en una casita con flores en las ventanas, en Amsterdam, en Amberes o en Glasgow. Esos son lugares de paso, donde se cocinan los negocios y comienza la aventura, pero no para vivir en ellos mucho tiempo. Esa gente no entiende nada—. Era inútil discutir con él estos asuntos en donde se trataba de los secretos impulsos de su itinerancia. Así era y así sería siempre. Los días siguientes los dedicó el Gaviero a hablar a las compañías navieras para saber qué barco salía próximamente hacia la costa peruana. Después de mucho inquirir y argumentar, consiguió lugar como marinero supernumerario en un carguero danés, que viajaba hasta Valdivia, haciendo escala en varios puertos del Pacífico. No tendría que realizar labor alguna y pagaría una suma simbólica. Como el barco no tenía permiso de transportar pasajeros, Maqroll encontró esa fórmula para sacar del paso a la compañía naviera. Me dio la impresión de que no era la primera vez que recurría a esa estratagema. Claro que, para lograrlo, era necesario dar muestras de ser hombre curtido en las cosas del mar.

El día de la partida llegaron Yosip y su mujer para acompañarlo. Tenían el aire desolado de quien se queda en tierra extraña sin tener compañía para recordar el pasado prestigioso de años mejores. Maqroll se despidió de Leopoldo y de Fanny, su esposa, dejándolos también flotando en una especie de anticipada nostalgia de la noches de larga charla y de los prolongados silencios del Gaviero, que sin duda añorarían siempre. Cuando lo vi dirigirse hacia el auto donde lo esperábamos, no pude menos de conmoverme ante su aspecto de convaleciente sin guarida, con su camiseta color azul claro que había conocido otros tiempos, su largo chaquetón azul oscuro con botones de cuero negro, comprado quién sabe en qué almacén de prendas usadas en un puerto del Báltico, su gorra negra de marino por la que se escapaban, a los lados, mechones rebeldes y entrecanos de una cabellera indómita; sus ojos un tanto desorbitados, con ese aire de alarma de quien ha visto más de lo que se les permite ver a los hombres y su eterna bolsa de mano, en la que traía dos mudas de ropa tan castigada como la que llevaba puesta, algunos amuletos que concentraban, cada uno, quién sabe cuántos recuerdos de afectos indelebles o milagrosos salvamentos de peligros indecibles y tres o cuatro libros que lo acompañaban siempre.[5] Se me hizo un nudo en la garganta y tuve que mantenerme en silencio al comienzo del trayecto para disimular mis sentimientos. En los largos años que había durado nuestra amistad, uno de los rasgos más permanentes e inflexibles del Gaviero era el pudor en demostrar sus afectos y lealtades. Sabía, mejor que nadie, quizá, que el olvido y la indiferencia acaban siempre borrando hasta la última huella de sentimientos que creíamos inamovibles. Los pocos que permanecían sin mudanza era mejor preservarlos en una zona de sigilo jamás violentada. No sé por qué, hasta ese momento fue cuando se me ocurrió preguntarle qué se proponía hacer en el Perú en las tales canteras. No podía pensar que, después de lo que nos había contado, pudiera interesarse en algo así fuera lejanamente relacionado con la minería. —No, nada de eso —repuso—. Voy a encargarme de contratar y dirigir el transporte de la piedra en dos pequeños cargueros que tomaré en arriendo en compañía de dos capitanes indonesios que conozco hace muchos años y que parten desde Guayaquil hasta Matarani esta misma semana. Transportar piedra. Cómo le parece. Era lo último que me faltaba ya por hacer en el mar—. Le contesté que no me parecía más extravagante que tantas otras cosas que había hecho en el pasado. Se alzó de hombros sin decir palabra.

Cuando llegamos a los muelles del puerto de Los Angeles, tuvimos que dejar el auto afuera y recorrer un par de kilómetros hasta encontrar el carguero danés. El

---

[5] Véase Apéndice al final de este libro.

capitán estaba en lo alto de la escalerilla dando algunas instrucciones a su segundo que lo escuchaba al borde del muelle. Maqroll se despidió de nosotros con un apretón de manos y sin decir palabra. Cuando ya se dirigía hacia la escalerilla, la mujer de Yosip se adelantó corriendo y lo abrazó, también en silencio, estrechándolo entre sus brazos durante un tiempo que nos pareció interminable. El Gaviero la besó en los labios y se zafó del abrazo sonriéndole cariñosamente. Ella regresó al lado de Yosip, que observaba la escena con una simpatía dolorida, mientras apretaba los labios para contener las lágrimas. Maqroll entretuvo un momento con el segundo, quien asintió con la cabeza y lo dejó subir por la escalerilla. El capitán lo esperaba arriba con muestras de sorpresa que no logramos interpretar. Los dos entraron al puente de mando mientras Maqroll, casi sin volver a mirarnos, se despedía con un amplio gesto del brazo en el que quise ver un asentimiento a las leyes nunca escritas que rigen el destino de los hombres y una muda, fraterna solidaridad con quienes habían compartido un trecho de ese camino hecho de gozosa indiferencia ante el infortunio.

Pasaron varios años sin que tuviera noticias del Gaviero. Era natural y ya estaba acostumbrado a esos prolongados períodos de silencio, interrumpidos, de vez en cuando, con el anuncio de su muerte en circunstancias siempre impredecibles y trágicas. Venía, después, el desmentido de la noticia y un nuevo trecho de mutismo hasta que un día llegaba una carta suya o nos encontrábamos en los lugares menos esperados del planeta. Esta vez sucedió como de costumbre. Iba a tomar el tren en la Zuidstation de Bruselas para viajar a Marsella cuando, antes de subir a mi modesta cabina de segunda, llegó un mensajero del Hotel Metropol donde me había hospedado, para entregarme un paquete de correspondencia que el hombre de la recepción había olvidado darme esa mañana. Una vez dispuestas mis cosas para el largo viaje que me esperaba, bajé la mesilla de mi asiento y me puse a revisar los papeles que acababa de recibir. Se trataba, como siempre, de cartas con noticias ya sabidas, invitaciones a congresos y conferencias que, o bien ya se habían celebrado, o no me interesaban, y documentos de trabajo que, junto con lo demás, fueron a parar al recipiente de la basura. Quedaba sólo un sobre ligeramente abultado, con matasellos de Pollensa, en Mallorca. Al abrirlo reconocí la letra premiosa e incierta del Gaviero. El papel ostentaba un membrete vistoso que decía "Munt y Riquer. Comerciantes en artículos para la navegación, Agentes Aduanales, Liberación de Licencias. Puerto de Pollensa, Carrer de la Llotja, 7". Los pliegos estaban amarillentos y los grabados con temas marinos del encabezado tenían un inconfundible sabor finisecular. Comencé a leer la carta interesado en saber de mi amigo, cuyo silencio empezaba a prolongarse más de lo natural. Al principio, Maqroll me daba cuenta de algunos asuntos que habían quedado pendientes en relación con una cuenta de ahorros abierta por mí a su nombre en la Caja de Auxilio del Marino de Cádiz. Era típico ese extraño orden de precedencia que daba a los temas en sus cartas. Siempre comenzaba con los más intrascendentes pero, de seguro, para él los más irritantes. Luego, como en este caso, entraba en materia narrando hechos que, por tener relación con nuestro encuentro en Los Angeles, merecen transcribirse aquí por entero. Decía el Gaviero:

"Respecto a mi viaje al puerto de Matarani, en la costa peruana, para emprender la explotación de canteras en Santa Isabel de Sihuas, creo que vale la pena contarle en detalle lo que pasó, ya que usted se ha empeñado en compilar mis descalabros con fidelidad e interés que no acabo de comprender. El nombre del carguero danés en el que iba a embarcarme me había despertado ya cierta inquietud en la memoria, se llamaba, no sé si usted lo recuerde, SKIVE. Nombre más obvio para un buque danés no puede haber. Sin embargo, algo me decía que esa palabra tendría que serme aún más reconocible y familiar. Al final de la escalerilla, me topé de manos a boca con el capitán Nils Olrik y su rostro de pirata bretón con un ojo mirando, como anota Werfel, a ese tercer personaje al que apuntan los bizcos; sus cabellos, ya para entonces entrecanos, de furioso color zanahoria; la lenta corpulencia de su figura, levemente agachada como para saltar sobre uno y su escrutadora mirada azul celeste detrás de las pobladas cejas; todos indicios de un carácter sanguíneo y violento usados para esconder uno de los corazones más bondadosos y afables que se pueden encontrar en las intrincadas travesías de la profesión de marino. Mi danés es casi inexistente y su inglés poco comprensible. A pesar de esto no paramos de hablar hasta que cada uno resumió para el otro los avatares de un tramo de vida harto rico en incidentes. Cuando hice por teléfono la reservación del pasaje no habían entendido muy bien mi nombre, cosa a la que estoy acostumbrado, y cuando llegó a oídos de Nils Olrik el capitán no paró mientes en el asunto. Conocí a Olrik hace muchos años. Yo trabajaba como enfermero en el hospital de un puerto de mala muerte perdido en el inextricable delta del Missisipi. Nils llegó allí con una pierna destrozada por una grúa del barco en el que era segundo oficial. La recuperación fue larga y penosa pero, finalmente, había logrado salvar la pierna y caminar sin otra consecuencia que una leve cojera que le daba un aire aristocrático. Nils era entonces un joven danés que no llegaba a la treintena, entusiasta y jovial, que se había convertido en el más fiel oyente de mis historias y peripecias. Cuando fue dado de alta, éramos ya viejos amigos. En alguno de los recuerdos que usted ha publicado sobre mí, aparece mi descripción del Hospital de la Bahía. Allí, con una dimensión un tanto lírica y desorbitada, quedan consignadas mis experiencias en ese lugar.[6] No menciono el nombre de Nils pero el ambiente en el que transcurrió su enfermedad está descrito allí con alguna fidelidad. La vida nos reunió luego en distintas ocasiones. Nils alcanzó el grado de capitán de navío mercante y llegó a ser conocido en casi todos los puertos del mundo. En uno de nuestros encuentros, me contrató con una misión un tanto ilusoria y poco usual en un carguero. Se trataba de servir de intermediario con los miembros de una familia turca, diseminada por varios puertos del Caribe, que manejaba importantes negocios de exportación e importación. Ladinos y escurridizos, inescrupulosos y agresivos, los Kadari eran temidos por todos los capitanes que trataban con ellos. Nils tuvo la

---

[6] Véase nota pág. 20.

peregrina idea de aprovechar mi dominio de la lengua turca y de los vericuetos del carácter otomano, para presentarme como intermediario en los negocios que tenía con el temible clan. Fue una época llena de regocijados episodios en donde nuestra astucia intentaba, cada vez, vencer la milenaria marrullería de los Kadari. Cuando lo conseguíamos, era motivo de estruendosas celebraciones en donde corría el ron durante varios días. Cuando ellos nos ganaban el punto, nos contentábamos con guardar reservas de rencor para la próxima ocasión. La cosa pudo complicarse muy gravemente cuando, en Port-au-Prince, Nils Olrik se encerró en su camarote durante varios días con una negra magnífica que era amante de Kemal Kadari y de la que el turco estaba enamorado con una intensidad cercana a la demencia. El hombre intentó subir al barco acompañado por tres negros hercúleos que se decían hermanos de la muchacha. Con la ayuda de un grupo de marinos de confianza, acostumbrados a esta clase de refriegas, logramos mantener a raya a Kadari y a sus acompañantes y tirarlos por la borda mientras alzábamos la escalerilla de acceso al barco. A la mañana siguiente subieron las autoridades haitianas para exigir la entrega de la hembra, a quien habíamos logrado bajar en uno de nuestros botes salvavidas y dejar en el otro extremo del muelle. Las intenciones de los Tonton Macoute no eran, como es obvio, las más amistosas pero, al no encontrar a la bella secuestrada, se amansaron algo y con algunos dólares sabiamente repartidos, se fueron sin mayor ceremonia. Años después, tuve la oportunidad de poner en contacto a Nils con mi amigo Abdul Bashur, quien lo tuvo como capitán de uno de los cargueros de la familia, hasta la primera bancarrota de ésta. Sería interminable contarle ahora otros de los episodios vividos en común con este danés cuya bondad, como ya le dije, era proverbial y cuya firmeza y admirable vocación de marino era recordada por todos los que tuvimos la suerte de trabajar con él.

"Informé a Nils de mis planes para transportar la piedra de una cantera de roca de una clase muy valiosa por su colorido y consistencia, ubicada en Santa Isabel de Sihuas, sacarla por el puerto de Matarani y venderla en San Francisco y en Oakland, en donde tenía algunos conocidos entre la gente relacionada con la construcción. Lo de los dos barcos en compañía con indonesios, despertó casi tanta desconfianza en mi amigo el capitán como el proyecto de la cantera. Ya hablaríamos más tarde de eso, me dijo. Para comenzar puso a mi disposición una litera libre en el camarote que le servía de oficina. El primer trayecto del viaje se alargó más de lo esperado, a causa de una avería que sufrimos en Panamá, al pasar por el canal. Luego, en Buenaventura, las lluvias torrenciales nos obligaron a esperar para recibir una carga de materiales colorantes con destino al Callao, que no podían exponerse a la humedad. Durante el viaje, la acción tonificante del mar y de su rutina salutífera y la compañía de Nils Olrik, que guardaba un arsenal al parecer inagotable de anécdotas y noticias de conocidos comunes, me regresaron el placer de estar vivo y ahuyentaron hasta la última huella de las fiebres que me habían derrumbado en California. Pero también el proyecto de las canteras empezaba a perder forma y presencia y se me confundía, allá muy adentro, con las peores etapas de mi enfermedad. A ello contribuyó, en forma muy importante, el escepticismo con el que Nils veía mi empresa de la cantera.

"Las muchas horas de solaz que me proporcionó ese viaje, en buena parte las dediqué también a volver a la obra de Gabory sobre las guerras de la Vendée cuyo ejemplar me acompaña desde hace tantos años como recuerdo de mi temporada en Amirbar y que suelo releer siempre con provecho. El libro guarda aún las huellas y máculas de su lectura en los socavones a la luz de la Coleman de ingrata memoria o al borde del precipicio visitado por las aves. Relectura gratificante como pocas por el rigor, la minucia y el ponderado criterio histórico que aplica el autor al estudio de uno de los episodios más complejos, accidentados y recorridos por extrañas corrientes de origen incierto, de una época tan rica en tal clase de manifestaciones. Sólo quisiera volver hoy sobre algo que comenzamos a hablar en el patio de la casa de Northridge y que no recuerdo haber apuntado lo suficiente. Se trata de una curiosa condición del carácter de los Borbones. Su gusto por el ejercicio directo del poder y por el consiguiente juego de la intriga política ha sido rasgo constante hasta nuestros días en esa familia. Su descarnado sentido de la realidad, se aúna a la destreza para manejar las ambiciones y debilidades de sus súbditos y saber mantenerse siempre al margen o, mejor, por encima de los accidentes inmediatos que suscitan las intrigas de sus allegados. Enrique IV, Luis XIV, Luis XV y Luis XVIII de Francia son ejemplo clarísimo de esta condición de los herederos del hijo menor de San Luis. Pero lo curioso es que otra parte de la familia ha mostrado rasgos de carácter radicalmente opuestos a los de sus parientes: una torpeza política alarmante, un desconocimiento de los más elementales resortes que mueven la ambición de sus ministros, una ignorancia de lo que las

135

naciones rivales o vecinas intentan tramar contra su país; en resumen, una ceguera suicida que los lleva siempre o al cadalso o a un exilio sin grandeza. Luis XVI y Carlos X en Francia, y Carlos IV y Fernando VII en España, son ejemplos patéticos de tan grave carencia. Pues bien, el Conde d'Artois, que luego subiría al trono como Carlos X, mostró, desde sus tiempos de candidato al trono, ser un ejemplo catastrófico de esa incapacidad política. Piense usted que d'Artois tuvo en sus manos el instrumento más recio, digno de confianza y dispuesto al sacrifico que aspirante alguno a la corona tuvo jamás: los chuanes. No supo verlo así y cayó en la beatería más insulsa, después de haber recorrido todas las etapas de una carrera galante muy Antiguo Régimen. A él se debe la pérdida del trono de la rama legítima en Francia y el oprobioso ascenso del usurpador y perjuro Orléans. Me gustaría alguna vez hacer un recorrido retrospectivo para verificar si esta doble y opuesta conducta política se encuentra también en las anteriores ramas de los Capeto: los Valois, los Valois-Angulema y los primeros Capeto. Como sé que a usted también le distraen estos pequeños grandes enigmas de la historia, le dejo esa inquietud con la esperanza de que un día me comunique los resultados de su pesquisa.

"Confío en que no le extrañe esta digresión en medio del relato de mi viaje a la costa peruana, ya que ha transcrito otras mías de índole parecida. Desde los tiempos, hoy remotos, en que comenzó a interesarse por mis andanzas, sabe que el presente no suele proporcionarme sino descalabros absurdos o continuos desplazamientos movidos por las razones menos razonables. Qué puede tener de raro, entonces, que me distraiga hurgando en el pasado parecidos destinos e infortunios semejantes. No me quejo. Por el contrario, pienso que los dioses han sabido adivinar mis secretas preferencias. Usted ya sabe de qué le hablo. Pues bien, cuando por fin llegamos al puerto de Matarani, el panorama que se ofreció a mi vista es el que usted conoce también: la desértica extensión que inicia su pendiente hacia la inmensidad andina, sin más verde que algunos arbustos espinosos que agonizan de sed y unos pocos cactus cubiertos de polvo y a punto también de fenecer; el puerto destartalado con los muelles carcomidos por el salitre, las grúas a riesgo siempre de paralizarse y el sol cayendo sin piedad ni alivio, devorándolo todo con el trabajo de su luz que parece creada para un planeta distinto del nuestro. Sólo uno de los cargueros destinados al transporte de la piedra, me esperaba en el muelle. El capitán del otro desertó en el último momento. Tampoco el capitán del que había venido se mostraba muy entusiasmado con la perspectiva de tener sobre sí la responsabilidad del transporte. Hay que reconocer que el escenario no era el más apropiado para levantar los ánimos y menos de alguien que venía del sureste asiático cuya feracidad lujuriante ha dado lugar a tanta literatura, no siempre de la mejor. Nils me convenció de llegar a un acuerdo con el javanés y cancelar la operación. Sus argumentos eran bastante contundentes: la explotación de la cantera estaba sujeta a permisos oficiales que no habían sido aún solicitados por los dueños del sitio. Se suponía iban a ser socios en la empresa y, hasta el momento, no habían dado señales de vida. La compra de la piedra en San Francisco estaba sujeta a un estudio de resistencia de materiales que había resultado positivo, pero sólo para un tipo especial de construcción, por cierto no el más usado en esa zona de California sujeta a continuos movimientos sísmicos que obligaban a rectificar periódicamente los límites permisibles para la edificación. Por último, estaba esa desconfianza del danés hacia las gentes del Asia con su inclinación natural a no cumplir sus responsabilidades. No tuvo Olrik que insistirme en sus razones. Hablé con el indonesio quien, sin muchos preámbulos, estuvo de acuerdo en abandonar la empresa a cambio de recibir en Concepción una carga de salitre para Holanda que le traspasó Olrik, sin sacrificio para él. Para cumplir con el contrato, hubiera tenido que someter sus bodegas a un tratamiento anticorrosivo y, casualmente, el barco del javanés ya lo tenía. Y así fue como terminé de oficial suplente en el Skive, al lado de mi viejo camarada Nils Olrik, con quien solía entenderme a medias palabras. Bajamos hasta Valdivia y Puerto Montt y allí tomamos carga para Cape Town y Dunbar. Estos años de navegación en el Skive son, tal vez, el período más tranquilo de mi vida de marino. No hubo episodios notables. Los encuentros y desencuentros usuales en puertos de fortuna, los temporales que caen sobre el navío como una maldición de las alturas, las semanas de calma chicha en las regiones tropicales, en donde el calor ronda la cubierta en lentas olas sucesivas que minan hasta la última porción de voluntad que pudiera quedarnos: tales fueron, en ese tiempo, las rutinarias incidencias de una vida sujeta a la caprichosa y vasta red de las rutas del mar.

"Olrik murió a causa de un infarto fulminante que lo sorprendió una noche en mitad del sueño, entrando a Abidjan. Los armadores enviaron un capitán para que se encargase de regresar el barco a Dinamarca y yo tomé otros rumbos. Mi contrato con Nils no era muy regular que digamos, ya que había sido hecho, más que en términos profesionales, en los establecidos por una larga amistad y un mutuo conocimiento de nuestras virtudes y debilidades. No quiero ni puedo demorarme ahora en la narración de todo lo acontecido hasta mi llegada a Mallorca y mi instalación en Pollensa para ocuparme de administrar unos astilleros más hipotéticos que reales, debido a la falta de maquinaria indispensable para prestar el servicio que se les demanda. Estoy enfermo y cansado y he perdido buena parte de mi entusiasmo y devoción por la vida en el mar. No hace mucho, en medio del insomnio que trabaja mis noches, recordé mi convalescencia en Northridge, la hospitalidad amable de Don Leopoldo y de su esposa y las largas veladas durante las cuales tuvieron la paciencia de escuchar mis desventuras de minero en las estribaciones de los Andes. Por tal razón, resolví escribirle para contarle el resultado de mi viaje a la costa peruana y darle noticias mías. También quise transcribir para usted y para quienes me oyeron en las noches de San Fernando Valley, un curioso párrafo hallado en un libro que cayó aquí en mis manos, cuando esculcaba entre los que un canónigo, con quien mantengo buena amistad, guarda en el desván de la vicaría. Fue el título lo que me llamó la atención y me regresó a mis tiempos de Amirbar. Por tal motivo le pedí a Mosen Avelí que me lo prestara para darle una ojeada. El libro se titula: *Verídica estoria de las minas que la judería laboró sin provecho en los montes de Axartel*. Está firmado por un tal Shamuel de Córcega, correligionario, sin duda, de los mineros en cuestión. El pie de imprenta indica que fue impreso en Soller por Jordi Capmany en el año de 1767. Se trata de un relato farragoso, escrito por partes iguales en ladino, español macarrónico y mallorquín y cuyo propósito no acaba de entender el lector, ya que lo que allí se narra carece por completo de interés y no desemboca en conclusiones válidas ni concretas. Más parece que hubiera sido escrito para hacer valer títulos de propiedad sobre esas tierras, no muy claros por cierto y sin saberse tampoco en favor de quién. Puede pensarse, por otro lado, en alguna intención de calumniar a la comunidad de conversos, tan numerosa en esos tiempos en la isla. El párrafo que le transcribo tiene estrecha relación con Amirbar, lugar que evoqué para ustedes en las noches del tórrido verano de California. Dice así: «El beneficio de las minas nunca fue cosa dicha nin se supo de veras de qué mineral se trataba. Lo único cert y comprobado fue que se reunió allí gran copia de poble mosaico con donas e nois y que todos entraban a furgar en los socavones y sólo unos pocos escollidos tenían el privilegio de moler las tierras que el resto llevaba a casas molt tancadas y de las que salía mucho ruido e olores molt estranys. Como es región molt desviada e solitaria, ellos mismos facían sus propias leyes e nadie los guardaba. Fue curioso saber que las autoridades hobieron noticia de que, para que no nacieran más criaturas, que mucho estorbaban en el laboro de las minas e quitaban mucho tiempo, los ancianos resolvieron ordenar que, a partir de ese momento, homes e donas que estuvieran matrimoniados o aquellos que vivían en concubinato, sólo se ayuntasen en forma de sodomía. Así fue y por varios años fueron siempre los mismos en número. El provecho de sus excavaciones fue juntado por cambistas de Alcudia de la mesma religió, hasta que las tierras se dieron en agotar y el molt treballar a nada conducía de valor. Pero lo de las sodomías, que fue tarde conocido a ciencia cierta, llegó fasta el Excmo. Señor Bisbe Don Antoni Rafolls i del Pi, home de grant santidad y recato quien intervino con sus gentes de armas para poner arreglo al nefando pecado que allá se cometía. Donas e homes apresados y sometits a cuestió confesaron tot y hasta convinieron en que hallaban grant content en las tales sodomías. Las tierras fueron confiscadas y arrasadas las casas y fábrica y los dineros secuestrados a los cambistas y así fue el fin de los traballos en estas minas en las que varias generacions de gente de la judería habían laborado con gran esfors de sus vidas y res de profit en sus haciendas. Solitarios quedaron esos lugares y ninguna noticia hobo de que nadie tornase a venir a ellos, tanta era la vergonya y temor por la tropelía allí cometida contra la ley natural que ordenan los llibres que reyes y profetas dejaron escritos e que los chrestianos anomenamos Santa Biblia».

"Pues bien; ya ve usted cómo y por qué conductos tan inesperados regresan a uno, de pronto, ecos del pasado que creíamos abolido. Cuando vea a Don Leopoldo y a su esposa cuénteles esto y dígales, por favor, que los recuerdo con tanto afecto como gratitud. Le decía que me encuentro enfermo. Se trata de algo muy diferente de las fiebres que me derrumbaron en el motel de Yosip en La Brea Bulevard. Pienso que esta vez son los años que empiezan a contar más de lo que uno quisiera y la humedad de Pollensa que retuerce las articulaciones como a los pobres hebreos de Axartel los sicarios del Bisbe Rafolls i del Pi quien, dicho sea de paso, no sé por qué se me ocurre que también debía tener ancestros de las doce tribus.

"Bueno, ya tendrá nuevas de mí si los dioses me

conceden licencia. Si salgo de este lugar y de sus astilleros fantasmales, le haré saber mi paradero. Entretanto, reciba un saludo afectuoso de su viejo amigo, Maqroll el Gaviero".

Así terminaba la carta que, después de recorrer medio mundo había llegado al Hotel Metropol de Bruselas. Hasta hoy nada he vuelto a saber del Gaviero y algo me dice que éstas serán las postreras noticias suyas que reciba. Nunca me había hablado de enfermedades ni de achaques y sus misivas siempre me dejaron la impresión de que le esperaban nuevas empresas en su itinerancia sin tregua. Esta vez no tuve esa idea. Los últimos párrafos de su carta exhalan un aire de punto final, de adiós sin retorno que me llenó de pesadumbre.

APENDICE: LAS LECTURAS
DEL GAVIERO

No se trata, en este caso, de presentar al Gaviero como alguien que haya dedicado una especial atención al mundo de las letras. Nada más ajeno a su carácter y nada que le pareciera más distante y sin objeto que una inclinación parecida. El Gaviero era, eso sí, un lector empedernido. Un incansable devorador de libros durante toda su vida. Este era su único pasatiempo y no se entregaba a él por razones literarias sino por necesidad de entretener de algún modo el incansable ritmo de sus desplazamientos y la variada suerte de sus navegaciones. No es fácil, por ende, el seguir la pista de cuáles eran sus libros preferidos, aquellos que lo acompañaban dondequiera. Sin embargo, creo que podría mencionar algunos que, en los múltiples encuentros que nos deparó el azar, o los traía consigo, o los citaba con tal frecuencia que era fácil colegir su antigua y fiel frecuentación. Releyendo viejas cartas y fatigando la memoria, he conseguido reunir los más notorios.

El que creo haberle visto siempre y que llevaba en uno de los grandes bolsillos de su chaquetón de marino, era las *Mémoires du Cardinal de Retz*. Por cierto que se trataba de la bella edición hecha en 1719 en Amsterdam por J.F. Bernard y H. de Sauzet en cuatro volúmenes. Uno de ellos iba siempre con Maqroll y los demás reposaban en su eterna bolsa de viajero. La primera vez que hablamos del famoso libro de Jean François Paul de Gondi, Arzobispo de París y Cardenal de Retz, fue en Baltimore. Hallamos de milagro un bar abierto y allí entramos para celebrar nuestro encuentro. Maqroll había ido a comprar repuestos para la draga que, junto con Abdul Bashur, tenía en el río San Lorenzo. Como de costumbre, esperaban ganar una fortuna trabajando para la municipalidad de Montreal. La bendita draga sucumbió finalmente en un embargo, debido a la demora en el pago de los trabajos de la misma. Descuido imputable a las desaprensivas lentitudes burocráticas de los *quebequois*, como los llamaba Maqroll con notoria inquina. Para reforzar no sé qué argumento que esgrimía sobre el crimen en política, el Gaviero sacó esa noche el tomo que llevaba de las *Mémoires* de Retz. Creo que era el cuarto. No pude menos de preguntarle cómo había llegado a sus manos semejante joya bibliográfica y si no era arriesgado andar con ella por el mundo así, sin mayores precauciones. A la primera pregunta me contestó con sonrisa sibilina: —Hay amigas, no muy frecuentes por desdicha, que insisten en que no las olvidemos y para ello son capaces de desprenderse de maravillas como ésta—. No agregó más y siguió hablando del tema que nos ocupaba. Poco después, se interrumpió de repente y me soltó la siguiente declaración: —Los únicos libros que uno pierde son los que no le interesan. Este del Cardenal estará siempre conmigo. Es el libro más inteligente que se ha escrito jamás—. Debí poner cara de asombro ante tamaño juicio, porque me repuso en seguida: —Nadie ha mentido con tanta lucidez para defenderse ante la historia y, al mismo tiempo, relatar las más desvergonzadas y peligrosas intrigas con una claridad y distancia que hubiera envidiado Tucídides. ¡Qué lección la del Señor de Gondi, Arzobispo de París, hundido hasta el cogote en las delirantes conspiraciones de la Fronda que estuvieron a punto de dar al traste con Francia y con la augusta herencia de los Capeto!

Otro libro que le vi con regularidad que indicaba ser uno de sus favoritos de siempre, era *Mémoires d'Outre-Tombe* de Chateaubriand. Se trataba de la edición corriente en tapas amarillas de los *Classiques Garnier*. Daba la impresión de que se iba a desencuadernar en cualquier instante. Su entusiasmo por la prosa del Vizconde era tema favorito en la alta marea de sus libaciones. Una noche, en Bizerta, en una tabernucha del puerto, me recitó, casi completa, la escena del encuentro en Córdoba de René con Natalie de Noailles. Al terminar la parrafada no hizo comentario alguno. No hacía falta. Su exaltación se asomaba al rostro, nacida de la prosa ondulante y regia del Vizconde.

Es sabido, gracias a alusiones en sus cartas y a relatos hechos de viva voz, que la obra de Emile Gabory sobre las guerras de la Vendée, fue una de sus más asiduas lecturas. En la mina de Amirbar y, muchos años más tarde, en sus travesías con el capitán Olrik por las costas australes del Pacífico, el libro de Gabory fue su compañero inseparable. Valga aquí el recuerdo de una anécdota que me relató el pintor Alejandro Obregón y que está relacionada con esa lectura del Gaviero. Una noche, en Vancouver, Alejandro y Maqroll fueron a parar a una delegación de policía a raíz de una trifulca fenomenal que tuvieron en una cantina, cuando los agredió un puñado de chinos que se declararon ofendidos por algunas palabras del Gaviero dichas en un tono que les pareció hiriente. Cuando el encargado de turno en el puesto de policía llenaba la declaración de Maqroll y le preguntó cual era su oficio, este repuso altanero en su premioso inglés con acento levantino: —Yo soy un chuan extraviado en el siglo XX—. No dijo más y el exabrupto le costó veinticuatro horas de cárcel.

Finalmente, el libro que le servía a Maqroll para salir con mayor eficacia de sus caídas de ánimo en las horas negras, cuando todo parecía conspirar contra él, era el de las cartas y memorias del Príncipe de Ligne, en una bella edición hecha en Bruselas en 1865. Sobre el gran aristócrata belga, el Gaviero era simplemente inagotable. Un día, en que nos hallábamos juntos en Amberes, cada uno por circunstancias tan opuestas como difíciles de exponer, tuvimos que refugiarnos en un restaurante de comida flamenca. Había estallado una refriega general entre walones y flamencos y la policía estaba repartiendo golpes sin detenerse a preguntar por nacionalidades ni papeles. Frente a un majestuoso *waterzooi* de salmón, que ordenamos para reponer nuestras fuerzas, el Gaviero opinó en tono admonitorio: —Yo no sé si los belgas sean un país o una diabólica pesadilla de Talleyrand. Lo que sí sé es que pueden contar siempre con mi irrestricta simpatía, porque entre ellos nació el más cumplido ejemplo de gran señor que haya dado Europa: el Príncipe de Ligne. Su entierro en Viena, el 13 de diciembre de 1814, en pleno Congreso, fue seguido por emperadores, reyes, ministros y grandes nombres de la nobleza europea. Acompañaban hasta su última morada al perfecto *honnête-homme* del Antiguo Régimen, una de las pocas épocas de la historia en las que hubiera valido la pena vivir.

Para rematar estos recuerdos sobre las lecturas de nuestro amigo el Gaviero, no creo que desentone la tesis que le escuché en una ocasión, mientras aguardábamos el tren a Nápoles en la Stazzione Términi. Maqroll traía consigo una novela de Simenon, *L'Ecluse No. 1*, si mal no recuerdo. Cuando vi el libro en el café donde esperábamos que nos sirvieran, dando con ello muestras de un optimismo rayado en la malsana ignorancia, me dijo con naturalidad desconcertante: —Es el mejor novelista en lengua francesa después de Balzac—. No pude menos de recordarle que algo parecido le había escuchado decir sobre L.F. Céline. —No —repuso sin inmutarse—. Céline es el mejor escritor de Francia después de Chateaubriand; pero el mejor novelista es Simenon. Y créame que menciono a Balzac haciendo de lado ciertas reservas que tengo sobre su detestable francés—. Esta fue una de las muy escasas opiniones literarias que le escuché durante nuestra relación de tantos años.

Creo que con estas noticias sobre Maqroll el Gaviero como lector, se completa útilmente el retrato que me he propuesto dejar de mi amigo para una posteridad que, infortunadamente, reposa en la más que discutible difusión que puedan tener mis libros dedicados a sus empresas y tribulaciones.